Mistress Saphire
Devotion

Misstress Saphire

Devotion

Gedanken einer Wölfin

BDSM Kurzgeschichten

Gewidmet all meinen subs …
den vergangenen, den aktuellen
und denen, die noch kommen.

Impressum

© 2025 Mistress Saphire

Verlag: BoD · Books on Demand GmbH, In de Tarpen 42, 22848
Norderstedt, bod@bod.de

Druck: Libri Plureos GmbH, Friedensallee 273, 22763 Hamburg
ISBN: 978-3-7597-7514-6

Inhaltsverzeichnis

Vorwort 7

Der gemeinsame Weg 9

Perfektes Match 32

Im Büro 46

Die Entführung 54

Unterwegs 63

Überraschungsbesuch 70

Hot Wife 103

Die neue Freundin 118

Wasabi 120

Vorwort

Ich habe jede Kurzgeschichte einem Menschen gewidmet, der für mich besonders war oder noch ist.

Eine Essenz der Geschichte erinnert mich womöglich in der einen oder anderen Weise an dich.

Die Thematik in der jeweiligen Geschichte ist jedoch keine Nacherzählung oder gar Planung.

Dem geneigten Leser wünsche ich viel Spass und hoffentlich feine Kopfkinos.

Mistress Saphire

Der gemeinsame Weg

Für OW

Er stieg ins Auto. Die Nervosität stand ihm ins Gesicht geschrieben. Als er den Schüssel ins Zündschloss steckte, piepte sein Handy. Mit zitternden Fingern kramte er es aus seiner Hosentasche und sah darauf. Eine sms von ihr: *Bevor du bei mir aus dem Auto steigst, schau auf dein Handy. Befolge die Anweisungen oder du fährst umgehend nach Hause zurück.*

Sein Puls beschleunigte sich und er musste tief durchatmen. Während der einstündigen Fahrt gingen ihm viele Gedanken durch den Kopf. Als er vor einigen Wochen in einem Erotikforum im Internet ihr Profil gelesen hatte, das ihn ungemein reizte, hatte er eine Nachricht an die Frau hinter dem Profil geschickt und daraus entwickelte sich ein reger Austausch, bei dem er ihre natürliche Dominanz bereits in ihren geschriebenen Worten spürte. Er fühlte sich angezogen von dieser Frau.

Dann hatte er sie besucht. Sie wollte ihn kennen lernen und prüfen. Sie hatte genau seine Vorlieben und Tabus wissen wollen, ihn regelrecht verhört. Nun hatte sie ihn erneut zu sich bestellt. Er war unglaublich erregt und gleichzeitig nervös. Sie flösste ihm Respekt ein und er wusste eigentlich nur eines ganz genau – er fuhr ins Ungewisse. Mehrfach hatte sie ihm erklärt, dass sie der Meinung sei, Grenzen seien erweiterbar. Auch wusste er genau, sie wollte einen Sklaven, der ihr auf Dauer zugetan war – und nur ihr – oder auf ihr Geheiss verleihbar. In dieser Sache waren sie sich völlig uneinig, da er nach einer miesen Erfahrung sich nicht mehr derart an eine Herrin binden wollte. Darauf hatte sie nur leise gelacht und mit ihrer dunklen Stimme in sein Ohr geflüstert: „Ich brauche keine Hörigkeit, ich brauche einen Sklaven, der denken kann und der mir allein gehört – alles ist machbar." Alles in ihm wehrte sich dagegen. Und nun fuhr er doch wieder zu ihr. Er konnte nicht anders, die Frau zog ihn magisch an. Und er vertraute ihr. Trotz der angsteinflössenden Worte spürte er ihr Verantwortungsbewusstsein.

Er wusste eigentlich genau, dass die Frau das Potenzial hatte, ihn möglicherweise zu Dingen zu bewegen, die er nicht wollte. Gleichzeitig spürte er dieses unergründliche oder unerschütterliche Vertrauen, dass sie nichts tun würde, das er nicht wollte. Er fürchtete allerdings, dass sie ihn dazu bringen würde, etwas zu wollen, was er zum jetzigen Zeitpunkt für ausgeschlossen hielt.

Kopfschüttelnd fuhr er die Einfahrt zu dem Mehrfamilienhaus rein, in dem sie lebte. Er griff nach seiner Tasche, aber als er die Autotür öffnete, fiel ihm ihre letzte sms ein und er schaute auf sein Handy. Sie hatte nichts mehr geschrieben. Ratlos sass er im Auto. Was sollte er jetzt tun? War er zu schnell? Hatte sie vergessen? Sollte er hineingehen? Er las nochmals ihre letzte sms durch.

Hinter der Gardine verborgen beobachtete sie ihn und grinste. Sie wusste, dass er nun verunsichert war. Sie liebte dieses Spiel mit Unsicherheit und Ungewissheit. Macht.

Er wartete. Sie hatte geschrieben, er solle Anweisungen befolgen. Es gab keine bisher, also durfte er auch noch nicht aus dem Auto. Jedenfalls hoffte er, dass seine Schlussfolgerung richtig war. Er schloss wieder die Tür und wartete weiter, mit dem Handy in der Hand.

Von oben beobachtete sie, wie sich die Autotür wieder schloss. Zufrieden wandte sie sich langsam vom Fenster ab, griff nach ihrem Handy und schickte die Nachricht ab.

Komm hoch. Wenn ich dir öffne, stehst du mit gesenktem Blick vor der Tür, trittst schweigend ein, gehst sofort ins Schlafzimmer. Dort ziehst du dich aus, legst das Halsband und die Leine an und kommst zu mir. Du kniest vor mir nieder und begrüsst mich wie es sich gehört. Danach übergibst du mir schweigend und mit weiterhin gesenktem Blick die Leine – und damit symbolisch dich. Du sprichst nur nach Aufforderung. Wenn du meinst, du hast etwas zu sagen, wirst du um Sprecherlaubnis bitten.

Sein Puls wurde mit der Nachricht wieder hochgetrieben, er war bereits jetzt erregt. Er griff nach seiner Tasche und ging zum Haus.

Vor ihrer Wohnungstür stehend atmete er nochmals tief durch und klingelte. Senkte den Blick. Begab sich in seine Rolle.

Die Tür öffnete sich, sie trug einen kurzen Rock und er sah ihre wunderschönen Füsse in Riemchen High Heels, die Nägel rot lackiert. Zwei Zehen mit ihren üblichen Ringen geschmückt und an der linken Fessel hing ein zartes silbernes Fusskettchen mit zwei Miniaturhandschellen. Er lächelte, betrat die Wohnung und ging unverzüglich ins Schlafzimmer, um sich dort zu entkleiden. Unwillig schaute sie ihm nach.

Nur mit Halsband und Leine bekleidet ging er danach zu ihr ins Wohnzimmer, sie stand am Regal und drehte sich nach ihm um. Mit gesenktem Blick liess er sich vor ihr auf die Knie nieder, legte die Hände im Rücken zusammen, beugte sich vor und küsste zur Begrüssung hingebungsvoll ihre Füsse. Allein diese Demutsgeste brachte ihn weiter auf Touren. Er hatte einen ausgeprägten Fussfetisch und ihre Füsse fand er ungemein anziehend. Er richtete sich auf, nahm die Leine, die von seinem Halsband baumelte und übergab sie ihr mit weiterhin gesenktem Blick. Sie nahm sie schweigend entgegen. Er legte die Hände mit den Handflächen nach oben auf seinen Oberschenkeln ab und wartete auf weitere Befehle während er den Stock entdeckte, der neben ihrem Bein herunterhing, und er voller Verlangen auf ihre Füsse starrte.

Da sie wusste, wie sehr er ihre Füsse mochte und sie ihn genau beobachtete, liess sie ihn eine Weile warten und bewegte hin und wieder ihre Zehen. Belustigt sah sie wie sein Atem schneller wurde.

Mit dem Stock tippte sie unter sein Kinn und hob seinen Kopf etwas an. Sein Blick blieb gesenkt, was sie zufrieden zur Kenntnis nahm. Trotzdem gab sie ihm eine Ohrfeige. Er zuckte zusammen. Gleichzeitig steigerte sich seine Erregung. Die demütigende Geste einer Ohrfeige mochte er.

„Was hast du zu grinsen, wenn du in meine Wohnung kommst?", fragte sie barsch. „Sprich!"

„Verzeihung, Madame," er schluckte schwer, „mir ist ihr Fusskettchen aufgefallen."

„Und?", ungeduldig tippelte sie mit dem Fuss.

„Es gefällt mir.", antwortete er.

„Ist deine Meinung in irgendeiner Weise relevant?"

„Nein, Madame. Es tut mir leid."

„Schade!", meinte sie bedauernd. „Sonst hast du ungehöriges Stück ja erstaunlicherweise alles richtig befolgt…"

Pause.

Schickte sie ihn jetzt wieder nach Hause? Er war unsicher. Er wollte nicht wieder zurück. Er wollte ihr beweisen, dass er ein guter Sklave sein konnte. Sie schwieg weiter. Er wollte um alles in der Welt nicht wieder fortgeschickt werden. Er räusperte sich.

„Madame, darf ich bitte sprechen?"

„Ja."

„Ich weiss, Sie haben geschrieben, dass Sie mich nach Hause schicken, wenn ich Ihre Anweisungen nicht befolge, aber ich bitte Sie sehr, schicken Sie mich noch nicht zurück. Bitte geben Sie mir noch eine Chance, ich werde mich anstrengen, um Ihnen Freude zu machen und zu dienen."

„Lange Rede.", erwiderte sie. „Dein Glück, dass ich in der sms nichts davon geschrieben habe, dass du nicht grinsen darfst. Du kannst bleiben."

Er atmete innerlich auf und setze an, etwas zu sagen, stoppte jedoch, sich an ihre Worte erinnernd, nur dann zu sprechen, wenn er dazu aufgefordert würde.

„Sprich.", knallte sie ihm entgegen.

„Danke, Madame, dass Sie mich nicht wieder wegschicken."

„Steh auf, Beine auseinander, Hände im Nacken verschränkt.", befahl sie leise.

Umgehend befolgte er ihre Anweisung. Sie ging um ihn herum und blieb in seinem Rücken stehen, um ihn zu betrachten. Er fühlte sich unwohl, was ihn erregte, und er spürte ihre Blicke auf seinem Körper, was ihn noch mehr erregte. Er mochte es nicht, so zur Schau gestellt zu werden und gleichzeitig war es genau diese Situation, in der sie ihn inspizierte, diese Situation, in der er ihr ausgeliefert war – oder sich freiwillig ihr auslieferte, die ihn erregte.

Sie schien eine gefühlte Ewigkeit unbeweglich hinter ihm zu stehen und ihn zu inspizieren. Plötzlich spürte er ihre Hand auf seinem Rücken, eine kurze Berührung, ganz sachte, die ihm Gänsehaut verursachte. Dann kamen ihre Füsse wieder in sein Blickfeld. Er schluckte. Sie stand vor ihm und tippte nun mit der Stockspitze in die Innenseiten seiner Oberschenkel.

„Breiter.", befahl sie.

Er folgte und stellte die Beine hüftbreit auseinander, lieferte sich noch mehr aus. Wieder verschwand sie in seinem Rücken. Nach einer Weile setzte sie ihm eine Maske vor die Augen und stöpselte seine Ohren zu. Zwei Sinne waren nun vollkommen weg. Er wusste nicht mehr, ob sie vor oder hinter ihm stand.

Dann spürte er ihre Hand auf seiner Arschbacke. Sie streichelte und knetete abwechselnd. Er genoss ihre Berührung und zuckte erschrocken zusammen als die Hand plötzlich hart auf seinen Hintern schlug. Fast gleichzeitig inspizierte ihre Hand nun seinen Schwanz und seine Eier, testete, ob er sich auch ordentlich enthaart hatte. Ein kurzes Zwirbeln der Nippel und die Hände liessen ihn wieder allein.

Ein Ruck an der Leine zog ihn nach unten, er verstand und begab sich auf die Knie, sie zog ihn an der Leine hinter sich her. Vor einem Sessel machte sie Halt, setzte sich und wartete. Er kniete sofort in der richtigen Position, Hände auf den Schenkeln, Hingabe und Erwartung.

Sie lächelte zufrieden, beugte sich zu ihm hinunter und drückte einen Finger in seine Backe, worauf hin sich sein Mund öffnete. Sie tippte leicht mit dem Finger an seine Zunge, die sich daraufhin unsicher langsam nach vorne schob, kurz streichelte sie mit einem Finger über seine Wange, um ihm zu zeigen, dass er richtig verstanden hatte und seine Zunge schob sich weiter nach draussen.

Sie griff nach den kleinen Wäscheklammern neben sich und brachte drei Stück an seiner Zunge an, worauf sich vor Schmerz kurz eine Falte zwischen seinen Brauen zeigte. Mit dem Stock tippte sie unter seine Handgelenke bis er sie anhob. So konnte sie ihn mit ledernen Manschetten verzieren, die sie dann in seinem Rücken mit einem Schloss verband. Ein kurzes Antippen zwischen den Schulterblättern verursachte, dass er seine Brust weiter herausstreckte.

Die so präsentierten Nippel verschönerte sie mit zwei Klemmen, die an einer Kette verbunden waren. Beim Anbringen der Klemmen bemerkte sie erneut die Falte zwischen den Brauen. Zufrieden lächelte sie und strich abermals über seine Wange, was ihn einmal tief atmen liess. Sie wusste, dass er nicht schmerzgeil war und er körperliche Züchtigung nur als notwendiges Übel ansah, dem er sich beugte. Aber sie würde ihn darauf konditionieren.

Verantwortung und Macht.

Leicht strich sie mit einem Finger über seinen Schwanz und knetete seine Eier, dann stellte sie einen Fuss unter seinen Sack und liess ihn damit wippen. Er zog scharf die Luft ein und sein Schwanz wurde leicht steif, sie grinste, er wusste genau, dass es ihr Fuss war und genau das erregte ihn. Sie streichelte seine Wange und nahm dann in einer schnellen Bewegung die Klammern von seiner Zunge. Er stöhnte auf, als das Blut wieder in den Teil zurückschoss.

Sie schlug das andere Bein über und näherte sich mit ihrem Fuss seinem Gesicht, strich mit dem Fussrücken über seine Wange.

Unsicher drehte er sein Gesicht in Richtung Fuss. Sie bewegte ihren Fuss nicht und wartete auf seine Reaktion. Er drehte den Kopf weiter bis sein Mund ihren Fussrücken erreichte. Vorsichtig küsste er den Spann. Mit einem kurzen Druck zeigte sie ihm, dass er auf dem richtigen Weg war.

Er stöhnte leise, als er anfing mit seiner Zunge ihre Zehen durch die Riemchen durch zu erreichen. Ihr anderer Fuss spielte noch immer mit seinen Eiern und sein Schwanz richtete sich auf. Sie entzog ihm den Fuss, was ihn unwillig aufstöhnen liess. Sie quittierte dies umgehend mit einer Ohrfeige. Ein weiteres Stöhnen entfuhr ihm, allerdings war inzwischen nicht mehr genau zu erkennen, ob es Schmerz war.

Schmerz, Demütigung und Geilheit begannen zu verschmelzen, gehörten bereits fast untrennbar zusammen, waren schon beinahe ersehnt.

Nun befestigte sie an seinem Sack ein zweites Paar Klemmen mit Kette, stand auf und öffnete das Schloss seiner Handschellen. Sofort führte er seine Hände wieder auf die Oberschenkel.

Sie setzte sich wieder vor ihn, entstöpselte seine Ohren und stellte einen Fuss auf seine Handfläche.

„Zieh mir den Schuh aus und kümmere dich um meinen Fuss."

Er hob ihren Fuss an, küsste ihn durch die Riemchen des Schuhs, zog ihn aus und leckte und küsste dann hingebungsvoll ihren ganzen Fuss, er war trotz schmerzender Nippel und Eiern stark erregt und sein Schwanz stahlhart. Während er sich zuerst mit dem einen und später dem anderen Fuss beschäftigte, zog sie hin und wieder an den Ketten der Klemmen, was ihn jedes Mal dazu veranlasste, scharf Luft zu holen, wenn der Schmerz allzu deutlich wurde. Trotzdem büsste sein Schwanz nichts an Härte ein. Sie grinste zufrieden in sich hinein, die Konditionierung würde problemlos klappen.

Langsam verstärkte sie den Zug an den Nippeln, er stöhnte leise, sie zog bis die Klemmen sich lösten, was ihn einmal kurz heftig aufjaulen liess. Zur Beruhigung streichelte sie mit dem Fuss seinen Schwanz.

Schmerz und Geilheit. Er sah bereits Sternchen vor Erregung hinter seiner Augenbinde.

Dann wiederholte sie die Prozedur an den Eiern bis die Klemmen auch dort abrutschten. Kurz hielt er inne und sie musste ihn mit einem Stupser daran erinnern, dass er sich weiter um ihren Fuss zu kümmern hatte.

„Leck dich nach oben. Du hast doch so angegeben mit deiner Zungenfertigkeit. Zeig mir mal, was du zu können glaubst."

Langsam arbeitete er sich mit Lippen und Zunge an der Innenseite der Wade und des Oberschenkels entlang nach oben bis er an ihrem Rocksaum angelangte.

Nach einiger Zeit griff sie in seine Haare und zog seinen Kopf weg. „Das reicht. Das war ganz ok für den Anfang.", sagte sie lässig und drückte eine Sohle auf seinen Mund, um ihn damit wieder in seine kniende Position zu rücken. Um den Moment der Sohle auf seinem Gesicht noch etwas hinauszuzögern und zu geniessen, gab er nicht sofort nach. Dann sass er wieder in seiner Sklavenhaltung und wartete.

Sie betrachtete ihn zufrieden. Seine Zungenfertigkeit schien vielversprechend. Sie konnte seine Hingabe spüren, seine Bemühungen, ihr zu folgen, auch ohne verbale Anweisungen. Das gefiel ihr.

Er sass stumm vor ihr. Versuchte mit den übrigen Sinnen zu erforschen, was vor sich ging. Die Ungewissheit machte ihn unsicher und gleichzeitig mochte er es. Er hörte, wie sie sich erhob. Sie griff wieder in seine Haare, bog seinen Kopf in den Nacken.

„Das hast du gut gemacht bis hier hin. Dafür verdienst du eine Belohnung."

Er schluckte. Wagte nicht zu denken, wie diese Belohnung aussehen konnte.

„Möchtest du eine Belohnung?"

„Wenn Sie mit mir zufrieden und der Meinung sind, ich verdiene eine Belohnung, dann möchte ich sehr gern eine Belohnung, Madame."

„Wenn du einen Kuss möchtest, dann mach den Mund weit auf.", forderte sie.

Wow. Bereitwillig, schon fast gierig öffnete er seinen Mund.

Sie spuckte hinein. „Schliess den Mund. Schluck.", befahl sie.

Er mochte Dominaküsse. Eine für ihn besondere Art der Demütigung und gleichzeitig auch eine Zuwendung, die ihn wieder erregte.

Der Griff in seinen Haaren lockerte sich und wieder streichelte sie ihm über die Wange, bevor sie ihm die Maske von den Augen nahm. Er blinzelte.

„Ich möchte die Nachrichten sehen. Komm." Sie nahm die Leine auf und zog ihn hinter sich zum Sofa, auf dem sie Platz nahm. Er kniete wieder vor ihr.

„Du kannst dich bequem hinsetzen.", forderte sie ihn auf. Dankbar setzte er sich zu ihren Füssen im Schneidersitz zurecht.

Nach den Nachrichten benutzte sie ihn für einige Minuten als Fussschemel und schaute sich einen Film an. Später durfte er ihr einen Kaffee bringen, den Aschenbecher ausleeren, sich selbst etwas zu trinken holen und massierte ihre Füsse, wobei sein Schwanz bereits wieder hart wurde, was sie kopfschüttelnd und mit einem bösen kleinen Lächeln quittierte: „Du hast dich auch gar nicht unter Kontrolle, was?"

Er schämte sich etwas und massierte stumm weiter. Leider hatte seine Scham zur Folge, dass sein Schwanz sich zur vollen Grösse entwickelte. Gedankenverloren und mit Blick auf den Fernseher gerichtet begann sie mit dem Fuss an seinen Eiern zu spielen, was ihn die Massage ihrer Füsse vergessen liess. Er genoss ihre Zuwendung, das Gefühl ihrer Sohle auf seinem Schwanz und als sie anfing, ihn mit beiden Füssen zu wichsen, schloss er die Augen und stöhnte leise.

Als die Berührungen abrupt aufhörten, riss er die Augen auf.

„Bin ich eigentlich dafür da, dir minderwertigem Stück Fleisch Lust zu verschaffen?", herrschte sie ihn leise in drohendem Ton an.

Oh verflucht, er hatte sich völlig selbstvergessen in ihre Berührungen fallen lassen und vergessen, was er war.

„Nein, Madame, es tut mir leid, es war so schön, entschuldigte er sich zerknirscht.

„Und soll es schön für dich sein?"

„Nein, Madame, ich bin dafür da, dass es Ihnen gut geht." Er senkte demütig den Kopf, traurig darüber, dass er es vermasselt hatte, dass er sie enttäuscht hatte.

„Steh auf, stell dich dort hinten in die Ecke. Gesicht zur Wand und denk darüber nach.", befahl sie.

Er folgte umgehend.

Sie liess ihn dort zehn Minuten so stehen und trat dann zu ihm. „Ich werde dir etwas beim Denken helfen. Zunge raus." Dann steckte sie ihm erneut Wäscheklammern an die Zunge, die Nippel, Sack und Schwanz und hängte kleine Glöckchen dran.

„Runter auf die Knie. Mit dem Gesicht weiter zur Wand."

Mit klingelnden Glöckchen befolgte er ihren Befehl.

„So bleibst du, bis ich dich erlöse. Ich will ab sofort kein Glöckchen hören. Nicht ein einziges Mal, hast du mich verstanden?"

Er nickte ganz vorsichtig; mit der Klammer im Mund konnte er nicht sprechen ohne dass ein Klingeln zu hören gewesen wäre.

„Ich höre nichts.", piesackte sie ihn.

„Ja, Madame.", nuschelte er unverständlich. Natürlich gab das blöde Glöckchen einen Ton ab.

In seinem Rücken grinste sie böse. „Eins." sagte sie nur. Sie setzte sich in den Sessel hinter ihn und beobachtete. Nach kurzer Zeit fing er an zu sabbern, da er durch die Klammer in der Zunge den Mund nicht schliessen konnte. Er zog vorsichtig den Speichel hoch, schluckte und prompt ertönte das Glöckchen.

„Zwei."

Seine Gedanken arbeiteten auf Hochtouren. Was bezweckte sie damit?

Sie fuhr mit dem Stock durch seine Arschfalte. Da sie wusste, dass dort seine absolute Tabuzone war und er keinerlei Penetration duldete, erschreckte sie ihn damit ungemein, er zuckte zusammen und wieder waren Glöckchen zu hören.

„Drei."

Er zog erneut den Speichel ein.

„Vier." Pause.

Sie piekte leicht mit dem Stock in seine Flanke.

„Fünf." Pause.

„Hast du nachgedacht?"

„Ja, Madame.", antwortete er undeutlich und ergeben – und klingelte dabei.

„Sechs." Sie grinste. Es machte ihr diebischen Spass ihn so zu erleben.

„Wird dir das nochmal passieren, dass du deine Geilheit für wichtiger erachtest als mich?"

„Nein, Madame."

„Sieben." Pause.

Sie kitzelte mit dem Stock seine Fusssohlen. Es bimmelte.

„Acht. Steh auf. "

So vorsichtig wie möglich stand er auf. Natürlich schaffte er es nicht, ohne dass die verfluchten Dinger wieder bimmelten.

„Neun." Auch sie erhob sich nun aus dem Sessel. „Dreh dich zu mir um."

Das bekam er diesmal ohne Ton hin. Nun stand er frontal vor ihr. Nackt. Sabbernd. Mit gesenktem Blick. Immer noch schuldbewusst. Und obendrein mit diesen dämlichen Dingern bestückt. Er musste ziemlich bekloppt aussehen. Er genoss es.

Sie löste die Klammern von seinem Sack und massierte ihn leicht. Er schnaufte unsicher. Dann löste sie ganz vorsichtig die Klammer von seinem Schwanz, massierte weiter seine Eier, als das Blut in die Stelle zurückschoss. Er verband den Schmerz mit der kühlen und liebevollen Hand an seinen Eiern.

Mit der linken Hand begann sie nun seinen Schwanz zu massieren, während sie mit der rechten die Klemmen von seinen Nippeln entfernte. Er wusste für den Moment nicht, ob er sich auf den plötzlich einsetzenden Schmerz oder seinen steif gewordenen Schwanz konzentrieren sollte. Sein Atem beschleunigte sich.

Ihre rechte Hand streichelte seine Brust, strich zart zum Hals über die Wange, während ihre linke ihn konstant wichste. Dann entfernte sie die letzte Klammer von seiner Zunge.

Auch hier wieder Geilheit gegen Schmerz. Aber er hatte seine Lektion gelernt und bat darum sprechen zu dürfen.

„Sprich."

„Madame, ich habe es nicht verdient, dass sie so gut zu mir sind."

„Du hast Recht. Du bist zwar dumm, aber du lernst." Ihre Hand verschwand, was er bedauernd zur Kenntnis nahm, liess es sich jedoch nicht anmerken.

„Danke, Madame."

„Hast du eine Ahnung, warum ich eben gezählt habe, wie oft die Glöckchen zu hören waren?" Sie beobachtete genau seine Mimik, er hielt den Blick weiterhin gesenkt, sie merkte wie es in seinem Kopf arbeitete.

„Nein, Madame, aber sie werden ihre Gründe dafür haben."

„Nun, ich denke, für jedes Mal, wo du geklingelt hast, ist eine Strafe fällig. Was denkst du, wie die aussehen könnte?"

Er schluckte schwer. Überlegte. Er ahnte nun, worauf sie hinauswollte. Sie liebte ihren Stock. Er hasste Schläge. Er wollte ihr gefallen, er wollte sie zufrieden stellen. Er wollte ihr dienen.

„Kann ich es auf den Arsch haben, bitte? Mit dem Stock?", fragte er sehr leise.

Ihr Herz flog ihm zu. Dieser Moment. Hingabe. Demut. Sie wollte ihn. Bis jetzt war es Spielerei gewesen, bisher war da nur ein *mal sehen*, ein *vielleicht*, ein *es könnte sein*. Jetzt wurde es zur Gewissheit.

Sie wollte ihn. Für sich allein. Und sie wollte, dass er es wollte. Dieser eine kleine Moment hatte alles verändert. Die Art, wie er fragte, wie er bat. Sein leiser, fast flehender Tonfall.

Sie fasste sich. „Also gut. Das soll also deine Strafe sein. Allerdings ist es eine dumme ungerade Zahl. Möchtest du sie alle auf eine Seite?"

„Kann ich bitte fünf auf jede Arschbacke haben, Madame?"

Oh ja. Sie wollte ihn ganz sicher. „Das ist eine gute Antwort, Sklave."

Sie hatte ihn Sklave genannt. Er fühlte Stolz in sich.

„Danke, Madame, Sie sind gütig zu mir."

„Dann will ich dir meine Güte mal zeigen, knie dich auf das Sofa, beug dich über die Rückenlehne, präsentier´ mir deinen Arsch."

Umgehend befolgte er ihre Anweisung und kniete mit gespreizten Beinen auf dem Sofa. Auf seinen Stolz folgte die Angst. Er wusste nicht, wie hart sie schlug. Es war das erste Mal, dass er nun ihre Härte voll zu spüren kriegen würde. Seine Hände zitterten. Sie hatte zwar mal gesagt, dass sie nicht zu fest schlagen würde und sowieso langsam anfinge, aber er war sich nicht sicher, inwieweit er es ertragen konnte.

„Bevor wir anfangen, werde ich deinen Hintern noch etwas aufwärmen.", grinste sie süffisant und strich einmal mit der Hand über sein exponiertes Hinterteil. Dann schnellte ihre Hand ein halbes Dutzendmal auf jede Backe.

Die Schläge waren nicht fest, aber sorgten doch auf Dauer dafür, dass seine Haut sich erwärmte und rot wurde. Zufrieden lächelnd betrachtete sie ihr Werk, er hatte nur bei den ersten drei Schlägen etwas gezuckt, aber sein Atem ging deutlich schneller nun.

Liebevoll streichelte sie die aufgewärmte Haut. Dann cremte sie seinen Hintern mit Melkfett ein. Verwunderte drehte er den Kopf zu ihr, aber als er ihren Blick und die unwillig hochgezogenen Brauen sah, schnellte der Kopf sofort in seine Ausgangsposition zurück.

„Das Fett macht deine Haut geschmeidiger." erklärte sie.

Sie spielte mit seiner Angst. Und sie schaffte es hervorragend. Seine Panik stieg. Unbeirrt streichelte sie nach dem Eincremen weiter seinen Arsch. Hin und wieder verirrte sich ihre Hand nach vorne zu seinem Schwanz, streichelte auch hier. Und seine Erregung wuchs.

Dann verschwand die Hand. Ein kurzer Druck auf den Hinterkopf und er senkte den Kopf auf seine auf der Lehne verschränkten Unterarme.

So liess sie ihn einen Moment die Ungewissheit auskosten. Dann setzte sie zum ersten Schlag an. Zielgenau traf er die rechte Arschbacke. Er zog scharf die Luft ein. Sie streichelte seinen Rücken.

„Zählen und bedanken." forderte sie.

„Eins, danke, Madame." kam es wie aus der Pistole geschossen.

Der zweite Hieb wurde exakt einige Zentimeter unterhalb des ersten platziert. Wieder folgte ein Streicheln am Rücken. Es beruhigte ihn. Nahm etwas den ziehenden nachsetzenden Schmerz.

„Zwei, danke, Madame."

Die Hiebe kamen in völlig unregelmässigen Abständen. Immer folgte eine Pause, in der er den Schmerz auskosten sollte, aber in der sie ihn auch immer wieder streichelte, an den Schenkeln, der Flanke, der anderen Backe, am Schwanz, den sie ganz leicht wichste.

Als er sich nach dem zehnten Hieb bedankte, brannte sein Arsch wie Feuer und dennoch war sein Schwanz hart und er so geil wie noch nie zuvor.

„Bleib genauso.", befahl sie und entfernte sich. Der Schmerz wurde präsenter während sie fort war.

Dann spürte er plötzlich Kälte an seinem malträtierten Hintern. Sie hatte Eiswürfel geholt und kühlte seine geschundene Haut damit. Es tat gut.

„Ein wundervoller Pavianarsch.", kommentierte sie süffisant.

Dann holte sie ein Stück Kunstrasen und liess ihn darauf zu ihren Füssen Platz nehmen.

Auf seinem heissen Arsch fühlte sich der Kunstrasen fies an und er ruckte oft hin und her um eine einigermassen erträgliche Sitzposition zu finden. Sie sass auf dem Sofa und beobachtete aus den Augenwinkeln belustigt seine Bemühungen, während sie sich eigentlich auf den Fernseher konzentrierte. Nach 20 Minuten erlöste sie ihn von der Matte, gab ihm eine Decke und cremte seinen Hintern mit einer desinfizierenden Heilsalbe ein.

Dann sollte er zur Belohnung wichsen. Doch jedes Mal bevor er kam, befahl sie ihm aufzuhören. So vertrieb sie sich etwa eine halbe Stunde die Zeit damit, ihm beim Trockenwichsen zuzuschauen, ihn hin und wieder mit ihren Füssen weiter aufzugeilen, um ihn dann zum Aufhören zu zwingen. Er war frustriert. Vor ihren

Füssen zu knien, sie anzuschauen, dabei zu wichsen und davon zu träumen auf ihren Füssen abzuspritzen, machte ihn unglaublich geil. Als sie ihn zwang ganz aufzuhören, war er fast schon den Tränen nahe.

„Wenn du auf meinen Füssen abspritzt, solltest du dir bewusst sein, dass du anschliessend meine Füsse säuberst."

Er nickte eifrig.

„Mit der Zunge!", setzte sie nach.

Das war gemein. Sie wusste, dass er es tun würde, wenn sie es verlangte, aber er tat es nicht gern.

Er schwieg.

„Nun gut. Keine Antwort ist auch eine Antwort." Damit wendete sie sich wieder dem Fernsehprogramm zu.

Er war nervös und unruhig, sein Schwanz war noch immer steif. Er wollte endlich abspritzen.

Aber sie liess ihn eine Weile schmoren. Seine Unruhe legte sich nicht. Er wägte ab. In seine Gedanken wippte sie mit dem Fuss vor seinen Augen, wohlwissend, dass sie seine Erregung damit noch weiter anstachelte. Nervös rutschte er auf seiner Decke hin und her.

„Unterhalte mich.", meinte sie nach geraumer Zeit. „Wichs. Aber trocken."

Und das Spiel begann von vorne. Jedes Mal, wenn er soweit war, befahl sie ihm aufzuhören. Er stöhnte vor Unmut auf.

„Wenn du kommen willst, bitte mich um Erlaubnis. Aber du weisst, was ich erwarte!"

Dreimal bat er sie darum. Dreimal verweigerte sie ihm den Orgasmus. Er machte sich keine Hoffnungen mehr, da er wusste, sie mochte es, ihren Sklaven auch mal keusch zu halten. Doch beim vierten Bitten gewährte sie ihm abzuspritzen. Sie setzte ihre Füsse vor seinen Schwanz und beobachtete ihn. Er blickte gierig auf ihre Füsse, seine Bewegungen wurden schneller, sein Atem beschleunigte sich.

Sie hob einen Fuss vor sein Gesicht, er leckte dankbar die Sohle, lutschte an ihren Zehen und als er kam hielt sie ihm beide Füsse hin. Sie gewährte ihm einen Moment des Verschnaufens, bevor er mit der Zunge ihre Füsse von seinem Sperma befreite.

Diese für ihn demütigende Aufgabe und sein feuchter warmer Mund erregten nun sie und als ihre Füsse sauber waren, befahl sie ihm erneut, sich nach oben zu lecken.

Trotz seiner inzwischen abgeflachten Erregung brachte er sie hingebungsvoll, mit Ausdauer und wirklichem Geschick zum Orgasmus.

Anschliessend schauten sie sich gemeinsam einen Film an, sie auf dem Sofa, er auf dem Boden zu ihren

Füssen. Irgendwann lehnte er vorsichtig seinen Kopf an ihr Knie und sie streichelte hin und wieder seinen Nacken. Er genoss ihre Berührungen unendlich. Das zarte Streicheln stand völlig im Gegensatz zum abklingenden Schmerz auf seinem Arsch. Er fühlte sich unglaublich wohl und sicher bei ihr.

Später gingen sie zu Bett. Er legte sich an ihr Fussende, streichelte ihre Füsse bis sie einschlief und folgte ihr dann mit einem Lächeln in Morpheus´ Arme.

Perfektes Match

Für Püppi

Er klingelte an ihrer Haustür. Wie immer aufgeregt.

Wie angeordnet trug er unter seiner normalen Kleidung bereits Strapse, Strümpfe, einen Plug im Hintern und seinen Keuschheitskäfig. Der eigentlich verhindern sollte, dass sich dort etwas vergrösserte. Der genau das Gegenteil erreichte in dieser Situation.

Sie liess ihn warten. Nervös taperte er von einem Bein auf das andere, wechselte seine Tasche von rechts nach links und schluckte trocken. Er freute sich auf sie. Und er war gleichzeitig immer noch unfassbar nervös. Endlich hörte er ihre tiefe Stimme in der Gegensprechanlage, er meldete sich und hörte direkt den Türsummer.

Ihre Wohnungstür öffnete sich und da stand sie breit grinsend.

Sein Herz machte einen Hüpfer. Sie umarmte ihn zur Begrüssung und eine Welle ihres Parfums umhüllte ihn, er war auf diesen Duft inzwischen so geeicht, dass er reagierte wie ein Pawlowscher Hund, sein Schwanz zuckte und sabberte. Sie trug dieses Parfum zu ihren Sessions – oder auch unterwegs, wenn sie ihn triggern wollte. Sie wusste um die Wirkung.

„Wollen wir…?", fragte sie.

Er hatte nun die Wahl. Er entschied, ob er bereit war, direkt nach oben zu gehen ins Spielzimmer oder ob er noch einen Moment Schwatz benötigte, um anzukommen. Er nickte jedoch eifrig, er war sowas von bereit. Sie lächelte ihn an und bedeutete ihm die Treppe hinauf zu gehen. Sie blieb unten. Oben angekommen stellte er seine Tasche ab, zog sich aus bis auf die Strapse, ordnete seine Kleidung aus dem Weg und kniete sich in Position bevor er nach unten rief: „Ich bin fertig, Herrin."

Langsam stieg sie die Treppenstufen hinauf zu ihrem Spielzimmer, sie war barfuss, sie wusste, er mochte ihre Füsse am liebsten so. Und für sie war es ohnehin am bequemsten. Seine leicht erhitzten Wangen hatten sie belustigt, er war immer so aufgeregt, wenn er zur Tür hereinkam. Sie betrat ihr Spielzimmer, da kniete er, in Position, die Beine gespreizt, die Sicht ungehindert auf den Schwanz im Cage, der zuckte, die Arme hinter dem Rücken verschränkt, der Blick zu Boden. Sie genoss den perfekten Anblick, sein Körper gefiel ihr, seine Haltung war grandios devot.

Sie hatte sofort registriert, dass sein Blick magisch von ihren nackten Füssen angezogen wurde als sie näher an ihn herantrat. Er schluckte hart als ihr Fuss gegen seinen Cage tippte und unter seine Hoden strich. Sie spielte eine Weile so weiter und hatte diebische Freude an seiner wachsenden Verzweiflung und Erektion. Dann trat sie zur Seite, stellte ihren Fuss in sein Genick und drückte ihn nach unten.

Unwillkürlich spreizte er seine Beine noch weiter, der Kopf berührte den Boden, der Hintern erhob sich automatisch. So exponiert verblieb er. Sie setzte sich verkehrt herum in Höhe seiner Hüfte auf ihn und klatschte einige Male mit der Hand auf seine Pobacken. Er stöhnte leicht als sie begann an seinem Plug zu spielen. Dann zog sie ihn heraus und strich über die Öffnung, die sich zusammenzog. Sein Stöhnen wurde lauter.

Sie stand auf und holte Manschetten, die sie ihm um die Handgelenke legte und miteinander verband. Sie liebte den Anblick von auf dem Rücken fixierten Männerhänden. Bevor sie weitermachte trat sie jedoch vor ihn, die Füsse direkt an seinem Kopf und sagte: „Du möchtest es doch so sehr!"

Er hob unter Anstrengung den Kopf, erblickte ihre Füsse und küsste jeden einzelnen Zeh. „Danke, Herrin.", murmelte er. Er spürte bereits wie er wegdriftete;

als sie sich auf ihn gesetzt hatte, ihm so nah war, ihn aber auch gleichzeitig physisch unter sich gebracht hatte, war das Summen in seinem Kopf gestartet, das er immer bekam bei ihren Sessions. Ihre Füsse zu küssen bedeutete ihm immer viel, oft war es wie ein Ritual zum Start einer Session.

Er legte wieder den Kopf ab, spürte dann, wie sie ihm zwei weiche Dinger unter die Knie schob und liess sich mental fallen. Kurz war wieder ein Fuss an seinem Cage und spielte damit, er stöhnte, sein Schwanz war steinhart und pochte im Käfig ohne Chance auf Freiheit. Der Schmerz war bittersüss und er liebte es.

Sie setzte sich erneut auf seinen unteren Rücken, er spürte die Hitze zwischen ihren Beinen auf seiner Haut, was ihm einen Schauer der Erregung durch den Schwanz jagte. Und dann suchten ihre Finger den Weg in seinen Arsch und er war nur noch Hingabe und Körper. Hart drückte sein Schwanz gegen die Wände des Käfigs, in dem er gefangen war. Er hassliebte jede Sekunde. Genussvoll fingerfickte sie seinen Arsch und er spürte ihre Erregung heiss und feucht auf seinem unteren Rücken.

Sie genoss es so sehr ihn so zu quälen, dass sie fast auslief. Und er war stolz und glücklich, dass er dazu beitragen durfte, indem er für sie litt. Gleichwohl wusste er, dass dies erst der Anfang war. Ihre Finger verliessen sein Inneres und machten sich an seinen Eiern zu schaffen, drückte und quetschte, sie schlug einige Male mit der flachen Hand darauf, er zuckte zusammen und hörte ihr leises zufriedenes Lachen. Während nun eine Hand an seinen Eiern zog, fingerfickte sie ihn mit zwei Fingern, er stöhnte, der Schmerz und die Lust übermannten ihn jetzt schon fast, war er doch seit Wochen keusch gehalten, aber täglich gereizt und getriggert worden mit Worten, Bildern und Clips, die er sich anschauen musste.

„Nun wollen wir mal schauen, wie dir das gefällt.", murmelte sie und zog sich von ihm zurück. Er spürte eine kühle Feuchtigkeit am Anus, kurz drauf drückte sie ihm etwas hinein, das ihn dehnte. An seine Eier kam ein Cockring mit ordentlich Gewicht. Er schnaufte, spürte, wie sie ihr Werk betrachtete. Ihre Füsse tauchten in seinem Blickfeld auf, sie half ihm, sich etwas aufzurichten, schaut ihm in die Augen und ergötzte sich an seinem Blick mit der Mischung aus Geilheit und Verzweiflung. „Dann wollen wir mal anfangen.", grinste sie süffisant in sein Gesicht, küsste seine Stirn und schob ihm eine kleine gepolsterte Fussbank unter den Oberkörper. Ergeben senkte er den Kopf.

Sie grinste und betrachtete ihn. Sein Körper reizte sie wie selten einer zuvor. Gierig streichelte sie seine Arschbacken, stellte dann den Vibrator in seinem Hintern an – er stöhnte kurz sehr laut auf, was ihr ein diabolisches Lachen entlockte – und schockte dann ein wenig mit dem E-Shocker seine Eier, was ihn zappeln liess. Dadurch schwangen seine Eier mit dem Gewicht schön hin und her, was ihn zum Aufstöhnen brachte. Dann wärmte sie seinen Hintern mit dem Paddle auf, sie sah, wie er versuchte sich nicht zu bewegen, um das Gewicht nicht ins Schwingen zu bringen. Sie grinste in sich hinein und dachte bei sich: du wirst noch zucken, warten wir es ab.

Nach der Aufwärmübung bemerkte sie, dass er stark schnaufte. Langsam hatte sich wohl das Ingwerspray an seinem Anus bemerkbar gemacht. Sie ging um ihn herum zum Kopf, fasst unter sein Kinn und hob es leicht an. „Wirds warm am Arsch?", fragte sie mit blitzenden Augen. Er nickte ergeben. „Ja, Herrin."

„Dann läufst du ja nun auf Betriebstemperatur.", meinte sie lakonisch, trat kurz an ihr Regal und kam mit einem Knebel in Kauknochenform zurück und legte diesen mit den Worten „Ich will dich sabbern sehen!" an. So vollkommen gedemütigt stieg ihm bedauerlicherweise wieder die Geilheit in den Schwanz. Sie jedoch widmete sich nun wieder seinem Hintern, wechselte die Vibration, tippte einmal heftig an das Gewicht und liess die Eier schaukeln, um dann mit dem Rohrstock seinen Hintern zu striemen. Ah, wie liebte sie diese Spuren auf ihm. Und sie wusste, dass er den Rohrstock am wenigsten mochte.

Er zuckte daher auch erwartungsgemäss nach wenigen Schlägen bei jedem Hieb zusammen, was seine Eier mit dem Gewicht arg ins Schaukeln brachte. Sie spürte seine Anspannung, seine Geilheit, seine Verzweiflung – und seine Hingabe. Er wusste, dass sie das anmachte, sie wusste, dass ihn das scharf machte. Seine Reaktionen brachten sie schon fast um den Verstand und nach einigen weiteren Rohrstockhieben, kam sie zum ersten Mal. Und das liess sie ihn auch hören. Er grinste selig in seinen Knebel als er sie kommen hörte.

„Mehr bitte.", presste er am Knebel vorbei, er wollte mehr für sie ertragen, der Schmerz machte ihn nun geil.

„Du willst mehr?", fragte sie, „Bist du sicher?"

„Ja." quetschte er hervor und nickte heftig. „Bitte." setzte er hinzu. Und dann spürte er die Fäden des Floggers. Er war ihr Lieblingsschlagwerkzeug und auch seines. Gedanklich rüstete er sich für die Salve an Schlägen, die nun auf ihn einprasseln würde.

Sie startete allerdings überraschenderweise mit dem kleinen Flogger an seinen Eiern und liess eine Serie von Hieben drauf ab, die seine Hoden mit dem Gewicht ordentlich ins Schwanken und Pendeln brachte. Er schnaufte. Wenigstens liess die Hitze in seinem Hintern langsam nach. Wieder wechselte sie die Vibrationsstufe des Plugs, er wurde wahnsinnig, das Ding traf genau seine Prostata. Laut stöhnte er auf, er wollte so sehr kommen.

„Hmm, da läuft mein kleines geiles Fickstück gerade ein wenig aus, hm?", tönte es höhnisch hinter ihm. Die Schläge stoppten. Eine Hand fuhr an seinen Cage, sammelte die Flüssigkeit, die sie ihm dann direkt am Knebel vorbei in den Mund schob. Dann sprühte sie erneut etwas auf seinen Anus und nun wusste er schon, was folgen würde – das Ingwerspray funktionierte perfekt bei ihm.

Während sein Arsch wieder von innen aufheizte, widmete sie sich nun mit dem grossen Wildlederflogger seinem Rücken und vor allem seinem Hintern. Zwischen drin streichelte sie immer wieder prüfend über seine malträtierte Haut, was ihn aufseufzen liess.

Nachdem sie ihn für ihre Begriffe ausreichend verziert und markiert hatte, klatschte sie einige Male mit der flachen Hand auf seine Eier, setzte sich dann wieder verkehrt herum auf seine Hüftknochen – sofort spürte er ihre Erregung – und zog den Vibrator aus ihm heraus. Fast bedauernd verabschiedete er sich von dem Gefühl des Ausgefülltseins, als er aber schon wieder ihre Finger in sich spürte, die ihn dehnten und fickten. Zuverlässig schubberte sie über seine Prostata und brachte ihn um den Verstand, er wimmerte und sabberte in seinen Knebel.

Dann entzog sie ihm ihre Finger und tauchte vor ihm auf, setzte sich mit gespreizten Beinen vor ihn auf die Fussbank und befahl: „Leck!" Was er mit Hingabe tat. Nach ihrem zweiten Orgasmus, für den er sich erneut mit Stolz verantwortlich fühlte, zog sie sich den Strapon an und begann ihn damit endgültig ins geistige Nirwana zu ficken. Er spürte wie er begann auszulaufen, weil sie genau wusste, wie sie den Winkel ausnutzen musste dazu. Jeder Stoss von ihr fuhr ihm doppelt ein, da sie immer wieder an seinen heissgestriemten Hintern stiess, was ihn abwechselnd stöhnen und aufjammern liess. Hin und wieder sauste ihre Hand auf seine Pobacken und erinnerte nochmal zusätzlich an ihre

Markierungen. Der Anus selbst war heiss vom Spray und brannte auf fiese Art bei jedem Stoss. Sie stöhnte auf und zuckte unkontrolliert. Sie war ein drittes Mal gekommen.

Sie zog den Strapon aus ihm her aus, tätschelte seinen inzwischen von einem leichtem Schweissfilm überzogenen Körper und sagte: „Du wirst mein Meisterstück." Anschliessend befreite sie ihn vom Cockring, dem Knebel und den Manschetten und gab ihm zu trinken. Gierig schluckte er die Cola in sich rein, der Zuckerkick und das Koffein brachten ihn zurück. Er gab ihr das Glas, sie stellte es beiseite und nahm ihn in den Arm, er bedankte sich, dass sie ihn benutzt hatte und sie raunte in sein Ohr: „Ich bin noch lange nicht fertig mit dir."

Eine Gänsehaut überzog ihn. Sie deutete zum Bett mit dem Segufixgeschirr. „Kleine Pause.", sagte sie als er sich ergeben darauf niederliess und sie ihn darin fixierte. Als er wehrlos gefesselt, aber bequem in dem Geschirr lag, nahm sie ihm mit einer Augenmaske die Sicht. „Entspann dich und sammle Kraft.", forderte sie ihn auf und er nickte, „Du musst nur rufen, wenn du etwas brauchst.", setzte sie hinzu. „Ja, Herrin, danke."

Er wusste, dass sie ihn niemals alleine und unbeaufsichtigt lassen würde, er vertraute ihr so absolut. Sie betrachtete ihn. Er war einfach fantastisch. Immer gierig, devot, hingebungsvoll, aber was sie sehr schätzte an ihm, war sein Geist. Er war hellwach, intelligent, mit einem schäbigen und dennoch feinsinnigen Humor – und sie mochte ihn während der Sessions genau wie auch danach – oder davor. Denn nach der Session war mit ihm auch immer vor der Session. Viele subs waren durch ihre Hände gegangen, aber mit keinem hatte sie je einen derartigen Flow verspürt. Die Hingabe war definitiv gegenseitig, wenn auch auf zwei Ebenen. Er machte es ihr so einfach wie nie einer zuvor. Sessions entstanden mit ihm von selbst. Hatte sie bei anderen zuvor einen gewissen Rahmen abstecken müssen, so lief es mit ihm einfach. Seine Hingabe war ausserdem echt. Tief und echt. Auch wenn er ausserhalb der Sessions nicht eigentlich devot war. Was ihr gefiel, weil dann sein anderes Ich sozusagen zum Vorschein kam. Er hinterfragte Dinge, er gab Feedback und Anregungen, alltagstauglich und sessiontauglich. Sie schätzte seine Meinung. Und sein Körper machte sie genauso an wie seine Reaktionen auf sie. Nachdenklich trat sie leise nochmal an ihn heran und strich sanft über seine geschwollenen Eier. Er zog überrascht die Luft ein und atmete stöhnend aus. „Bis gleich.", murmelte sie und ging aus dem Zimmer.

Er lag da und lauschte. Stille. Dann hörte er sie auf der Treppe, anscheinend ging sie nach unten. Er spürte in sich hinein, versuchte seinen Atem und Puls zu beruhigen. Und versank in Gedanken. Er hatte sie auf einem BDSM-Event kennen gelernt. Sie war mit zwei ihrer subs dort, spielte ein wenig mit ihnen, hatte viel Spass, schien einige Leute zu kennen. Er war mit einer befreundeten Domme auf das Event gegangen, einfach als Begleitung, und hatte diese Frau fasziniert beobachtet. Sie hatte so eine anziehende Ausstrahlung, dass er kaum die Augen von ihr lassen konnte. Das fiel sogar seiner Begleitung auf. Sie initiierte schlussendlich das Kennenlernen, wofür er ihr vermutlich auf ewig dankbar sein würde. Sie hatten sich dann einige Male getroffen, waren spazieren gegangen, hatten sich ausgetauscht, nicht nur über BDSM, sondern alles Mögliche. Sie war eine aufgeweckte, intelligente und sehr unabhängige Frau, angenehm im Verhalten und Reden. Er genoss die Stunden mit ihr. Sie waren gemeinsam Essen gegangen, ins Kino, er lud sie ins Theater ein und sie lernten sich kennen. Er mochte, dass sie keine Eile hatte mit ihm sofort ans Eingemachte zu gehen. Selbstverständlich tauschte sie sich auch über BDSM aus, sehr viel sogar. Und sie entdeckten unglaubliche viele Gemeinsamkeiten.

Er konnte es damals kaum fassen, jemanden gefunden zu haben, der tatsächlich so viele seiner eigenen Vorlieben abdeckte. Er fasste es auch jetzt kaum, nachdem sie bereits einige Sessions gemeinsam erlebt hatten. Er fühlte sich wohl in ihrer Hand, in ihrer Verantwortung und konnte sich zum ersten Mal wirklich fallen lassen. Es war ihr Ziel, dass er überwiegend abgemolken werden würde, am liebsten mit Prostatamassagen, woran sie fleissig übten, über seine Orgasmen bestimmte ohnehin sie. Sie liebte es ihm ruinierte zu schenken, ihn abzumelken, ihn auslaufen zu lassen und wusste, dass seine Hingabe dabei nur wuchs. Zudem wollte sie seine Geilheit derart schüren, dass ihm hin und wieder ein Orgasmus erlaubt war, aber handsfree, also gänzlich ohne Berührung seines Schwanzes. Dies entweder durch einen Straponfick oder durch Nippleplay – er war verrückt nach Nippelfolter – oder durch Fantommasturbation. Er liess sich bereitwillig auf diese Ziele ein, denn dies er füllte ihm einen Traum, den er niemals erfüllt gesehen hatte. Sie sahen sich nun bereits mehrere Monate und er konnte einfach nicht mehr ohne ihr Spiel, er war irgendwie abhängig geworden. Aber er wusste auch, dass es ihr ebenso ging und das war ihm wichtig. Er schätzte ihre Unabhängigkeit genauso wie ihre Hingabe an ihr gemeinsames Spiel.

Scharf zog er die Luft ein als er plötzlich ihr Gewicht auf seinen Hüften spürte. Sie hatte sich auf ihn gesetzt, er war so tief in Gedanken, dass er sie gar nicht gehört hatte. Ihre Mitte sass genau auf seinem Schwanz, er spürte ihre Hitze sehr deutlich, was ihn wie selbstverständlich sofort hart werden liesss im Cage. Er verfluchte sich dafür, wie ein Pawlowscher Hund auf sie zu reagieren und hörte ihr Lachen.

„Na, mein Fickstück. Schon wieder instant geil?", fragte sie höhnisch. Ihr demütigender Tonfall hatte zur Folge, dass sein Schwanz zuckte. Sie lachte auf. Dann hörte er den Magic Wand – und spürte ihn auch schon am Käfig. Die Vibration übertrug sich gemein auf seinen Schwanz und er stöhnte laut auf. Sie hielt den Vibrator aber offensichtlich nicht nur an seinen Schwanz, denn ihre Atmung beschleunigte sich und er hörte sie stöhnen. Sie befriedigte sich auf seinem eingeschlossenen Schwanz mit dem Magic Wand, der gleichzeitig ihn noch geiler machte. Er jaulte auf vor Verzweiflung. Er konnte ihre

Nässe spüren und war dem Geschehen völlig wehrlos ausgeliefert. Er zappelte im Segufix, aber hatte keine Chance. Ehe sie kam, schaltete sie den Magic Wand jedoch wieder aus und bevor er einen geraden Gedanken fassen konnte, was wohl als nächstes kam, setzte sie sich bereits auf sein Gesicht.

Sie liess sich ausgiebig von ihm zweimal zum Höhepunkt lecken, benetzte sein Gesicht mit ihrer Erregung und ihrem Duft, was ihn schier um den Verstand brachte und stieg dann von ihm herunter. Schwer atmend lag er da, sein Schwanz schien den Cage zum Bersten zu bringen, es tat weh. Er jaulte, als ihre Hand sanft den Käfig umschloss, liebevoll die andere seine Einer streichelte. Er winselte leise: „Bitte…"

Und sie lachte.

Mit geübten Fingern schloss sie ihn auf, erleichtert stöhnte er, sein Schwanz schwoll sofort an und richtete sich komplett auf. Sie strich ein paar Mal ganz leicht dar über, was seine Eier veranlasste sich zusammenzuziehen. Er wollte nur noch kommen. Aber er wusste, dass das nicht ihr Ziel war. Sie wichste seinen Schwanz einige Male hart, er musste sich schwer zusammenreissen nicht zu kommen, aber er wollte sich diese Blösse nicht geben. Glücklicherweise hörte sie dann auf. Er hörte sie etwas zusammensuchen, versuchte irgendwas zu erkennen und gab dann auf.

Sie kehrte zu ihm zurück, setzte sich zwischen seine Beine und umfasste seinen Schwanz. Dann führte sie einen Dilator in die Harnröhre ein. Er drehte durch, er stöhnte und winselte während sie seine Harnröhre fickte. Dieses Gefühl war so erniedrigend und gleichzeitig so geil. „Tja, mein Fickstück, keine deiner Körperöffnungen ist vor mir sicher.", grinste sie. „Dein Körper gehört mir." Der letzte Satz brachte ihn fast zum Abspritzen und nur mit viel Krampfen und Zusammenreissen schaffte er es, nicht zu kommen.

„Wird schwieriger mit dem nicht kommen, wie?", fragte sie höhnisch.

„Ja, Herrin.", antwortete er verkrampft, während sie seinen Schwanz wichste und gleichzeitig weiter mit dem Dilator fickte. Dann erlöste sie ihn, zog den Dilator heraus, aber nur um ihn durch einen anderen zu ersetzen. Einen mit Vibration. Er begann Sterne zu sehen, sie trieb ihn damit soweit, dass er nur noch winselte. Sie machte gnadenlos weiter bis er bettelte kommen zu dürfen, warnte, gleich zu kommen, aber sie stoppte genau zum richtigen Zeitpunkt und dann jaulte er vor Verzweiflung laut auf und lief aus.

Er hörte ihr diabolisches Lachen ehe sie nahtlos dazu überging seinen Schwanz weiter zu wichsen. Sie edgte ihn mehrere Male so hart an seinen Höhepunkt heran, dass er zum Schluss nur noch zappelte und heiser um Gnade rief, so dass sie ihn tatsächlich abspritzen liess. „Komm für mich, Fickstück.", befahl sie ihm. Und er schrie seinen langersehnten, heiss erkämpften und wohlverdienten Orgasmus heraus und dankte ihr danach zitternd.

Sie legte sich für einen Moment neben ihn und liess ihn langsam wieder in die Welt zurückkommen während sie die Segufixbandagen löste. Er war vollkommen verschwitzt und fertig. Sie stand auf, holte eine Decke, einen Snack und Cola, liess ihn trinken, deckte ihn zu und legte sich erneut neben ihn bis er wieder ruhig atmete und reden konnte. Dann futterten sie gemeinsam den Snack und quatschten über die letzten Stunden.

Im Büro

Für sub_swiss

Sie hatten sich online kennen gelernt und seitdem sie sich persönlich getroffen hatten, schwirrten seine Gedanken nur noch um diese eine Frau. Diese Frau, die ihn online mit ihren Kopfkinos fasziniert hatte, übte nun auch real einen unbändigen Reiz aus, dabei hatte er sie bisher nur einmal gesehen. Seitdem schrieben sie sich Nachrichten.

Es war später Vormittag. Er sass in seinem Büro in der Bank und dachte an sie als sein Handy summte. Er konnte sich ohnehin nicht auf die Bankgeschäfte konzentrieren, also nahm er das Handy und schaute, wer da etwas geschickt hatte. Und sein Puls beschleunigte. Sie hatte ihm eine Nachricht gesendet.

Hallo, sitzt du zufällig gerade in deinem Büro und arbeitest nicht vernünftig, sondern hast schweinische Gedanken? Er fuhr zusammen, wie konnte sie das wissen? Er grübelte.

Habe ich dich ertappt? kam es direkt nach.

Ehm, ja, ein bisschen. antwortete er mit etwas zittrigen Fingern. *Ich habe an dich gedacht.*

Das mit dem richtigen Antworten müssen wir aber noch üben, nicht wahr? Was hast du denn gedacht?

Er dachte nach. Er konnte doch jetzt nicht einfach gestehen, dass er sich vorgestellt hatte, zu ihren Füssen zu knien und auf ihre Anweisungen zu warten.

Bist du zu beschäftigt mit Arbeiten oder mit fantasieren? Oder überlegst du, ob du mir die Wahrheit sagen kannst?

Wieder zuckte er zusammen. Wie konnte diese Frau ihn so lesen.

Mit letzterem - gab er nun zu. *Woher weisst du das?*

Ich sehe es dir an der Nasenspitze an. schrieb sie. Unwillkürlich schaute er sich um und musste dann lachen. Natürlich konnte sie ihn nicht sehen.

Erschrocken? kam es prompt.

Ja. gab er zu und schickte einen lachenden Emoji dazu.

Und? hakte sie nach.

Und was? fragte er.

Ich hatte dich etwas gefragt…

Ach ja. Kaum meldete sich diese Frau, schien sein Hirn nur noch Matsche zu sein. Er antwortete wahrheitsgemäss und wartete aufgeregt auf ihre Antwort. Sie liess ihn warten. Nervös tippelte er mit den Fingerspitzen auf dem Tisch herum. Das Handy summte.

Möchtest du das? fragte sie.

Mehr als alles andere. gab er sofort zu.

Ich möchte auch etwas von dir. schrieb sie. *Ich möchte, dass du etwas für mich tust. Jetzt, im Büro.*

Atemlos fragte er, was sie denn von ihm wollte. Sein Schwanz zuckte in der Hose und seinen Puls spürte er bereits in den Ohren.

Ich möchte ein Cumtribute, ich möchte, dass du dir jetzt ein Bild ausdruckst von mir und dann in deinem Büro wichst und auf das Bild abspritzt. Danach machst du ein Bild davon und schickst es mir. Du hast 30 Minuten dafür.

Welches Bild? fragte er nur.

Das darfst du entscheiden. Überrasch mich.

Ja, Herrin. schrieb er.

Schon besser. kam es sofort.

Hastig stöberte er auf ihrem Profil, entschied sich für ein Bild, druckte es aus und schloss die Tür zu seinem Büro ab. Als er seine Hose aufknöpfte stellte er fest, dass sein Schwanz nicht nur hervorsprang, sondern bereits tropfte. Er liess seine Gedanken spielen und spritzte schliesslich auf das Bild von ihr ab. Danach machte er wie gewünscht ein Foto davon.

Darf ich das Foto schicken? fragte er vorsichtshalber.

Ich bitte darum. Und danke, dass du fragst! kam es nach kurzem Moment. Er sendete das Bild und fragte dann: *darf ich das entsorgen?*

Darfst du. Schöner Schuss und hübsche Wahl.

Er hatte auf ihre Füsse gespritzt.

Möchtest du das einmal real machen? Säuberst du danach meine Füsse? Mit deiner Zunge? Er stockte. An das hatte er nicht gedacht. Sowas hatte er auch noch nie getan. Aber…

Ja. antwortete er. Und er wusste, dass er das tun würde. Er würde so einiges tun, mit ihr. Für sie.

Spannend, lass uns das im Hinterkopf bewahren. Du hast deine Aufgabe gut und in der vorgegebenen Zeit gelöst. Das gefällt mir. Jetzt arbeite mal etwas.

Ja, Herrin. Der Druck war etwas beseitigt und er konnte sich nun seinen Bankgeschäften und Terminen widmen. Kurz vor Feierabend meldete sie sich wieder.

Lust auf eine neue Aufgabe morgen? Hast du morgen eine Mittagspause? fragte sie.

Ja, habe ich, gegen 13 Uhr aber erst. Vorher habe ich Termine.

Ist gut, kannst du raus in der Mittagspause?

Ja, ich bin oft unterwegs. Warum? Nervös zuppelte er an seiner Krawatte.

Ich werde dir morgen im Laufe des Vormittags eine Anweisung schicken, die du lesen kannst, wenn deine Termine rum sind und du in den Mittag gehen kannst. Er schluckte laut. Und schrieb mit zittrigen Fingern: *Kannst du mir nicht jetzt die Anweisung schicken?*

Geduld. kam es zurück. Dann nichts mehr. Gut, dass nun Feierabend war. Allerdings drehten seine Gedanken ziemlich durch. Am nächsten Morgen musste er sich recht stark auf seine Arbeit konzentrieren und schaute zwischen seinen Terminen immer mal aufs Handy. Sie liess ihn zappeln. Als er um kurz vor eins mit dem letzten Termin durch war, hatte sie endlich geschrieben.

Geh in deiner Mittagspause einen schwarzen Spitzenslip kaufen, der dir passt. Kehre zurück ins Büro, zieh den Slip an, mach ein Foto und schick es mir. Trag den Rest des Tages den Slip und denk an mich. Sein Herz schlug ihm bis zum Hals. Mit sowas hatte er nicht gerechnet. Er schwitzte. Und zögerte. Zuhause hatte er solche Slips. Das wusste sie. Er müsste nur heimfahren.

Allerdings war die Anweisung eine andere. Er wollte nicht betrügen. Aber er wollte auch nicht einkaufen.

Doch er tat es. Er gab an, ein Geschenk zu kaufen. Mit roten Ohren stand er in dem Geschäft. Leider war sein Schwanz ein elender Verräter und wurde im Geschäft hart. Da stand er, Mitte 40, Leiter einer Bankfiliale, mit hochroten Ohren und hartem Schwanz im Dessousgeschäft. Mit dem Slip vor der Bank im Auto sitzend atmete er einmal tief durch, dann nahm er ihn aus der Verpackung, stopfte ihn zusammengeknüllt in seine Hosentasche und ging in die Toiletten, wo er sich umzog. Er machte noch in der Kabine ein Bild von sich nur im Slip ohne Hose. Anschliessend ging er in sein Büro, knöpfte dort wieder seine Hose auf und machte ein zweites Bild mit aufgeknöpfter Anzughose und Slip und fragte um Erlaubnis, das Bild schicken zu dürfen, die sie ihm nach wenigen Minuten gewährte.

Ich bin sehr stolz auf dich. kam umgehend als Reaktion und er freute sich unverhältnismässig über ihre Aussage. *Ich hatte damit gerechnet, dass du das ablehnst. Ich wollte es erst nicht.* gab er zu. *Und ich habe überlegt zu bescheissen und einen Slip von zuhause anzuziehen. Aber so funktioniert das nun mal nicht, oder?*

Exakt. So funktioniert das nicht. antwortete sie. *Wie hast du dich gefühlt?*

Leider hat es mich erregt. Es war sehr demütigend und sehr geil. erwiderte er und in der Erinnerung daran pulsierte sein Schwanz wieder los.

Ich möchte, dass du deinen Schwanz nicht mehr ohne Erlaubnis ausser zum Waschen anfasst. Irgendwie schien sie immer genau zu wissen, was in ihm vorging. *Ja, Herrin.* sagte er ein bisschen bedauernd.

Ich melde mich morgen wieder. Geniess den Rest des Tages im Slip und denk an mich.

Wie konnte er nicht, die Spitze des Slips rieb fortwährend an seinem durchgehend halb erigierten Schwanz und erinnerte ihn an die Situation im Geschäft und daran, dass er für sie diesen Slip trug. Für sie.

Am nächsten Morgen schrieb sie kurz um ihm zu sagen, dass sie den Vormittag über in Arbeit steckte und sich am Nachmittag melden würde. Sehnsüchtig wartete er auf ihre Nachricht und versuchte seine Arbeit ebenfalls zu erledigen. Kurz nach dem Mittag erhielt er eine Nachricht von ihr.

Eine neue Aufgabe? schrieb sie.

Ja, Herrin. Sehr gerne.

Es ist eine sehr harte Aufgabe, aber sie kommt mit einer Belohnung, wenn du möchtest. erwiderte sie.

Ich möchte.

Sicher? reizte sie ihn. *Ohne die Belohnung oder die Aufgabe zu kennen?*

Bitte Herrin. Ja. Was tat er da nur? Er wollte ihr gefallen, er wollte mit ihr spielen, er wollte… weiter.

Nun gut. Ich möchte, dass du dir ein Glas Wasser holst, halbvoll. Und dann möchte ich, dass du in deinem Büro wichst und in das Glas abspritzt und es trinkst. Wie du dir vielleicht denken kannst, ist das die Vorbereitung auf das Thema von vorgestern. Als zweite Nachricht schickte sie ein Foto von ihren Füssen und dann sein Foto mit dem Cumtribute. Sein Schwanz wurde hart. Sie hatte ihn.

Ja, Herrin. schrieb er.

Wie immer ein oder zwei Beweisbilder. befahl sie noch. Und wieder erledigt er seine Aufgabe, diesmal machte er sogar eine Videoaufnahme vom Schuss. Und eine zweite wie er das Glas austrank. Er hatte nicht einmal darüber nachgedacht, einfach getrunken. Dann fragte er höflich nach, ob er Bilder schicken dürfe oder ob zwei Videos auch erfreuen würden.

Video. kam postwendend als Antwort. Nach dem Versenden der beiden Clips wartete er ungeduldig auf eine Reaktion. Als nichts kam, sank ihm das Herz in die Hose. Nach ewigen 30 Minuten erhielt er endlich eine Antwort.

Entschuldige bitte, dass ich so lange brauchte zum Schreiben, mir ist ein Notfall dazwischengekommen, der dringend gelöst werden musste. Sei bitte gewiss, auch wenn es mal länger dauern sollte, du wirst immer eine Reaktion bekommen. Erleichtert atmete er auf.

Und zu deinen beiden Clips: eine tolle Idee, Videos dazu zu machen, das hat mir sehr gefallen. Bist du bereit, die Situation von vorgestern wahr werden zu lassen?

Wann? fragte er nur und lächelte selig.

Die Entführung

Für favsub

Anna schaute aus dem Fenster ihres Autos. Severin verliess gerade seine Firma und ging mit Kollegen augenscheinlich in die Mittagspause. Wie fast jeden Mittag stürmten sie lachend in das Bistro. Seit einer Woche verbrachte sie ihre Mittagspause damit, ihn zu beobachten. Sie wusste, dass er kommende Woche Urlaub hatte und einige Biketouren plante. Seine Biketouren machten echt eine gute Figur bei ihm. Sie schluckte gierig. Anna grinste und fuhr in ihr Büro, das unweit von seinem lag. Kurz vor Feierabend fuhr sie den Computer herunter, räumte ihren Tisch auf und fuhr erneut zu Severins Arbeitsplatz.

Kaum angekommen, sah sie ihn bereits aus der Tiefgarage fahren. In einigem Abstand fuhr sie ihm hinterher. Er hielt kurz an einem kleinen Supermarkt, kaufte wohl einige Kleinigkeiten und fuhr dann weiter – offensichtlich Richtung seiner Wohnung. Sie blieb an ihm dran, achtete aber darauf, dass er sie nicht bemerken konnte. Im Geist spulte sie den Plan ab.

Als sie sicher war, dass er nach Hause fuhr, überholte sie ihn und drückte aufs Gas. Vor seinem Mietkomplex angekommen, parkte er den Wagen im Carport. Sie wartete bereits mit der Herzfrequenz eines Marathonläufers hinter dem Schuppen neben dem Carport. Sie musste exakt mit dem Überraschungsmoment jonglieren, es gab nur diese eine Chance. Als er aus dem Auto stieg, sprang sie ihn von hinten an, zog ihm eine schwarze Kapuze über den Kopf und zischte: „Keinen Mucks." Dabei drückte sie ihm eine schmale Parfümflasche in die Rippen und hoffte, dass er sich durch diese „Waffe" einschüchtern liess. „Hände nach hinten.", raunte sie. Überrumpelt oder eingeschüchtert folgte Severin. Eilig klickte sie ihm die Handschellen an und mit einem weiteren Set fixierte sie ihn an eine der Streben des Carports. Dann knebelte sie ihn und nahm seine Schlüssel an sich.

Kurz atmete sie durch und fuhr dann mit ihrem Wagen rückwärts an den Carport, öffnete den Kofferraum und verlud ihn darin. Sehr vorsichtig fuhr sie über ziemliche Umwege und wenig befahrene Strassen nach Hause. Bei aller harten Entführungsidee wollte sie kein Risiko mehr eingehen als nötig. Sie hörte ihn meckern im Kofferraum, sofern ihm das durch den Knebel möglich war. „Ruhe dahinten.", bölkte sie in seine Richtung. Er hielt ein und schien nachzudenken. Hatte er nun ihre Stimme erkannt?

Anna fuhr nach Hause und in ihre Garage. Sie war froh, dass diese einen direkten Zugang ins Haus hatte und sie nicht noch einmal eine Verrenkung wie vor seinem Haus veranstalten musste. Wieder drückte sie ihm die schmale Flasche in die Rippen und als er zappelte blaffte sie: „Benimm dich. Sonst tu ich dir weh."

Danach hielt er halbwegs Ruhe und sie konnte ihn ohne grössere Probleme in ihren kleinen Dungeon bringen, den sie mithilfe eines Bekannten und eines wunderbaren SM-Möbelbauers eingerichtet hatte. Der Clou am Raum war, dass er schalldicht gemacht worden war, da die Einsätze von Flogger, Strom und diversen anderen Gegenständen doch hin und wieder zu einer Lautstärke führten, die unter Umständen vorbeilaufende Passanten aufmerksam gemacht hätten.

Anna fixierte seine Hände an der Spreizstange über seinem Kopf und begann damit ihn auszuziehen. Er trat nach ihr. „Lass das.", schimpfte sie, aber er trat erneut nach ihr. Nun schnappte sie sich seinen Fuss und legte ihm eine Manschette an den Knöchel und fixierte sein Bein vorübergehend an einer Öse in der Wand hinter ihm. Das zog sein Bein nach hinten, da er so nur noch auf einem Bein stand, versuchte er nun an der Spreizstange hängend mit dem freien Bein nach ihr zu treten.

Sie liess von ihm ab und betrachtete ihn eine Weile ruhig. Als er sich scheinbar beruhigt hatte, trat sie von hinten an ihn ran und murmelte in sein Ohr: „Was denkst du was passiert, wenn du mich hinderst zu tun, was ich vorhabe?", sie drehte ihn zu sich um, er folgte.

„Hast du das Gefühl, ich lasse das einfach zu? Glaubst du wirklich, ich bin hier allein?" Er schüttelte den Kopf. „Dann sei friedlich." Er liess den Kopf hängen. Scheinbar hatte er sie noch immer nicht erkannt. Sie lächelte. Nun liess er es über sich ergehen, dass sie ihm die zweite Manschette anlegte und beide Beine an eine Spreizstange fesselte. Dann öffnete sie seinen Gürtel.

Er zappelte und schnaufte verwundert auf. Sie zog seine Hose herunter. Die Boxershorts folgten. Sie knöpfte sein Hemd auf, zerschnitt das Shirt darunter. „Hmpfff?", kam es ungläubig von Severin. Sie packte seine Eier fest und kniff ihn in die Brustwarze. Er stöhnte in den Knebel und sein Schwanz richtete sich auf.

„Jetzt gehörst du mir. Wenn du halt nicht folgst, muss ich eben deine Kleidung zerschneiden, damit ich an dich rankomme.", sagte sie zum ersten Mal mit ihrer normalen Stimme. Sein Kopf ging nach oben. „Ja, du hast richtig gehört.", bestätigte sie. „Du wirst mir dienen, ich werde dich benutzten wie es mir beliebt und du bist einfach nur mein kleines Objekt. Haben wir uns verstanden?"

Severin zappelte in seinen Fesseln und möpperte in den Knebel. „Oh, du möchtest dich nicht benehmen?", fragte Anna. Er schüttelte den Kopf und zappelte stärker. Sie grinste in sich rein. „Dann hole ich mal die grosse Schere.", erklärte sie.

Er versuchte sich zu wehren, als sie ihm die Klamotten vom Leib schnitt. Dabei stand sein Schwanz allerdings ziemlich frech in der Gegend herum. Sie fuhr mit dem kühlen Metall der Schere darüber. „Vorsichtig beim Zappeln, Objekt, sonst rutscht mir noch versehentlich die Schere aus.", warnte sie und sofort stand er still.

Als er schlussendlich nackt vor ihr stand, betrachtete sie ihr Werk. Ein guter Körper. Trainiert, aber nicht auf die übertriebene Art. Sein Schwanz stand eindrucksvoll ab. Eindeutig gefiel gewissen Teilen seines Körpers diese Situation. Seine Eier waren prall. Wieder ergriff sie sie. Er zog scharf die Luft ein, als sie anfing zu kneten. „Schau mal an, das gefällt dir also?", sagte sie leise. „Mh-mh.", schüttelte er den Kopf.

„Nicht? Ich bin aber sicher, dass du mich gerade anlügst, denn dein Schwanz zeigt mir ganz deutlich, dass es dir gefällt.", grinste sie höhnisch.

„Mh-mh.", mümmelte er erneut in seinen Knebel. Sie drückte einmal fest zu. Er jaulte und zappelte. Sie fuhr mit dem Metall der Schere über seinen Oberkörper. Sofort stand er still. Sie ging um ihn herum und knetete seinen Hintern, zog seine Arschbacken auseinander. Er versuchte sich zu wehren und sie liess einige Mal die Hand auf seine Backen klatschen. Eine feine Rötung überzog seine Haut.

„Mmmh, ich werde dich markieren.", raunte sie erregt und sein Schwanz zuckte. „Aber zuerst will ich mit der Beute spielen. Und dazu werde ich dir den Knebel abnehmen. Du musst nicht glauben, dass schreien etwas nutzt.", warnte sie. „Wenn du schreist, verlierst du nur Energie – die brauchst du noch für mich.", versprach sie. Er nickte verstehend und sie entfernte den Knebel. Er bewegte einige Mal den Kiefer und bedankte sich dann.

„Ah nun sind wir doch endlich auf dem richtigen Weg.", befand sie und tätschelte liebevoll seine Wange. Er versuchte nach ihr zu beissen und sie knallte ihm eine. „Entschuldigung, Herrin.", entfuhr es ihm und sie grinste in sich hinein als er sich sofort auf die Unterlippe biss. „Geht doch.", murmelte sie mehr zu sich selbst. „Ich bin gleich wieder bei dir.", ergänzte sie und ging aus dem Dungeon, liess aber die Türe offen, damit sie ihn hören könnte.

Er stand da und horchte. Wo war sie hin? Wo war er? Inzwischen war er sicher, dass es Anna war, die ihn einfach mal ebenso überrumpelt hatte. Aber zuerst war in ihm echt Panik ausgebrochen. Er hatte zwar bemerkt, dass ihn eine Frau am Wickel hatte, konnte sich aber nicht vorstellen, dass sie alleine alles bewerkstelligte. Egal, er hatte eh kaum einen klaren Gedanken fassen können bis sie ihn hier fixiert und begonnen hatte ihn auszuziehen. Sein verdammter Schwanz wurde hart. Toll. Wie ein 14-Jähriger, der seine Libido nicht unter Kontrolle hatte stand er entblösst mit hartem Schwanz vor seiner Entführerin.

Wie demütigend konnte eine Situation sein? Und wie ein Pawlowscher Hund hatte er auf diese Demütigung reagiert und gesabbert. Obendrein triggerte sie ihn, indem sie ihn als Objekt bezeichnet hatte. Und dann hatte er sie an der Stimme erkannt.

Anna.

Nur half das leider gar nicht, seine Libido zu beruhigen. Ihre Ankündigungen waren irre. Er hatte ja nichts dagegen, ihr zur Verfügung zu stehen, aber das wäre doch auch anders gegangen. Mit Planung. Severin plante schliesslich immer alles. Er hörte Schritte. „Na. Mein kleines geiles Objekt, hast du dich mit der Situation angefreundet?", wollte Anna wissen.

„Nein. Du bist ja völlig irre.", erwiderte er bockig – und mit immer noch erigiertem Schwanz.

„Ich sehe, wie irre du das findest.", bestätigte sie lachend und tippte seinen Schwanz kurz mit der Fingerspitze an. Sie stellte sich ganz dicht vor ihn, er konnte die Wärme ihres Körpers spüren, ihr Parfum riechen und sein Schwanz zuckte schon wieder. Leicht strich sie über seinen Bauch nach unten, stoppte aber kurz vor seinem Schwanz. Er stöhnte frustriert und sie lachte schallend. „Irre, hm?", versetzte sie.

„Was bezweckst du denn mit der Sache?", wollte Severin wissen.

„Das habe ich doch bereits erklärt.", antwortete sie leichthin.

„Das kann nicht dein Ernst sein, Anna. Das ist Freiheitsberaubung.", beschwerte er sich.

Wieder tippte sie seinen zuckenden Schwanz an. „Du stehst nackt vor mir, mit steinhartem, pochendem Schwanz, willst nichts mehr auf der Welt als dass ich dich anfasse, es dir besorge und hast die Meinung, von Freiheitsberaubung zu reden?" fuhr sie ihn an. „Warte noch etwas ab und du wirst unfixiert auf Knien darum flehen, dass ich dich deiner Freiheit beraube, um abspritzen zu dürfen.", ergänzte sie hart.

Leider bewirkten ihre Worte bei ihm exakt das, was sie damit beabsichtigte. Er wurde noch geiler und sein Widerstand begann zu schmelzen. Sie wusste genau, was ihn anmachte, sie traf mit jedem einzelnen Wort seine Gier. Sie nahm ihm die Maske ab und schaute ihm in die Augen. Er hielt einen Moment ihrem Blick stand, dann senkte er den Kopf. Natürlich wusste er, dass sie Recht hatte.

Nachdem sie ihn das ganze Wochenende benutzt und sich an ihm vergangen hatte, wann immer ihr danach war, nachdem er seit Freitag nackt im Dungeon mehrheitlich auf irgendeine Art fixiert gewesen war, sei es im Segufix nachts oder tagsüber an einer Kette mit abgeschlossenem Halsband oder aufgespreizt auf dem Bett, nachdem sie ihn auf jede von ihm fantasierte Weise gequält hatte, löste sie Sonntagabend sein Halsband.

„Mein kleines Lustobjekt, ich habe dich genossen, ich lasse dich frei.", sagte sie und schaute ihm in die Augen. „Du kannst dich anziehen, ich habe Klamotten aus deiner Wohnung geholt. Und ich werde dich nach

Hause fahren." Sie deutete auf einen Stapel Kleider. „Ich habe Urlaub." murmelte er leise mit gesenktem Blick.

„Ich weiss", entgegnete sie, „das hast du mir erzählt."

„Kann ich bleiben?", fragte er sehr leise.

„Möchtest du das?"

Er nickte heftig.

„Du erinnerst dich…", setzte sie an.

„Ich erinnere mich", unterbrach er sie, „du sagtest, ich würde dich auf Knien anbetteln." Er hob den Blick und schaute sie an. „Ich bin nicht auf Knien und ich habe gerade nicht zwingend das Bedürfnis abzuspritzen.", sagte er stolz. „Und trotzdem möchte ich bleiben."

Sie grinste. Als sie sich damals in dem Bistro neben seiner Firma das erste Mal getroffen hatten, hätte sie niemals gedacht, dass sie einmal in dieser Situation landen würden. Ihre Vorlieben waren etwas ungewöhnlich und er sah nach dem netten Jungen von nebenan, nach Everybody´s Darling aus. Aber sie hatten denselben Humor und wollten sich wieder treffen.

Und nach und nach stellte sich heraus, dass er ihre Vorlieben teilte. Dass er sogar bereits härtere Erfahrungen gemacht hatte, von denen sie bisher geträumt hatte. Und er hatte ihr auch irgendwann einmal beiläufig von dieser Entführungsfantasie erzählt. Und diese Sache hatte sie dann nicht mehr losgelassen. Sie kamen zwar nicht mehr auf das Thema zurück, aber die Treffen bekamen ein eindeutigeres Machtgefälle.

Vor der Entführung hatten sie dann auch tatsächlich ein paar Mal miteinander gespielt, aber sie hatte ihm nie den Dungeon gezeigt. Vielleicht auch ein bisschen, weil die Entführungsfantasie bei ihr eingeschlagen hatte. Sie grinste breiter. Und legte ihm wieder das Halsband an. Während er den Blick senkte, grinste auch er.

Unterwegs

Für den maso

Luca klingelte an der Tür. Er tippelte mit den Füssen, er war nervös. Heute ging es auswärts spielen, aber nicht auf einem Event, sondern verdeckt.

Nele öffnete ihm die Tür und bemerkte direkt seine Nervosität. Sie grinste diabolisch. „Hey, komm rein, du hibbeliger Mensch.", begrüsste sie ihn. Er umarmte sie kurz und betrat dann die Wohnung, während er sich die Hände rieb.

„Ich bin echt aufgeregt.", gab er zu. „Ich weiss ja überhaupt nicht, was du vorhast." Er schaute sie fragend an. Sie ergriff seine Hand und zog ihn mit sich ins Schlafzimmer. Dort hatte sie einige Sachen hingelegt. „Zieh dich mal aus.", forderte sie ihn auf und Luca folgte.

Dann zog sie ihm einen Cage an, verschloss ihn und nahm den Schlüssel an sich. Seine Aufgeregtheit schlug nun in Erregung um. „Ähm.", stammelte er. Nele legte ihm die Hand auf den Mund. „Ich will nichts hören.", sagte sie bestimmt. „Und jetzt bück dich.", setzte sie nach und genoss seine grösser werdenden Augen.

Er wollte protestieren, aber schaffte es gerade noch sich zurückzuhalten. Er beugte sich über die Rücken- lehne des Sessels und wartete geduldig. Nele bewegte sich hinter ihm, dann trat sie an ihn heran und er spürte ihren glitschigen Finger zwischen seinen Poba- cken, die sich unerbittlich ihren Weg in sein Inneres suchten. Langsam gewöhnte sie ihn an ihren Finger und stiess dann einige Male hinein. Als er sich entspannte wurde sie etwas forscher und er fing an zu stöhnen. Dann verschwand der Finger und et was Kühles drückte gegen seinen Hintereingang bis es eindringen konnte.

Dann steckte es. Ein Plug. Er seufzte. Cage und Plug wa- ren fies zusammen. Nele wischte ihn sauber und for- derte ihn auf, die Strapse und Strümpfe anzuziehen, die auf dem Sessel lagen. „Ich dachte, wir wollten heute weg.", wunderte er sich. Sie schaute ihn wartend an und schwieg. Schliesslich seufzte er schwer und schlüpfte in Strapsgürtel und Strümpfe, dann wies ihn Nele an seine Hose wieder anzuziehen. Ohne Unter- hose. Er gehorchte.

„So,", meinte sie dann, „und nun gehen wir ins Kino." „So?", fragte Luca unsicher. „Oh ja. So!", bekräftigte sie. Nele schnappte sich ihre Handtasche und ging voran zu ihrem Auto. „Ich fahre.", bestimmte sie und Luca zuckte mit den Schultern. „Dann kann ich ja was trinken.", freute er sich. „Du isst und trinkst, was ich dir bestelle. Ohne zu fragen und ohne zu meckern.", erklärte sie ihm.

Na, das konnte ja noch heiter werden, befand er heimlich. In der Tiefgarage parkte sie das Auto auf dem leeren Oberstock, dann spazierten sie gemächlich zum Kino. Dort angekommen, entschied Nele über den Film, die Getränke, die Sitzplätze, das Essen. Sie mochten das Kino beide gerne, weil man hier auch im Kino einiges an Fingerfood und Snacks bekam, was man schon fast als Essen bezeichnen konnte.

Sie zogen ihre Jacken aus, liessen sich in ihrer Partnerbank nieder und richteten sich für den Kinofilm ein. Als die Werbung lief, spürte Luca plötzlich ein merkwürdiges Brummen am Hintern, das plötzlich stoppte und wieder startete. Er kapierte zunächst gar nicht, was das war, bis er in Neles Gesicht schaute und ihren gespannten Blick sah.

„Du hast nicht wirklich...?", fragte er. „Natürlich, ein Vibrationsplug mit Fernsteuerung.", bestätigte sie seine Befürchtung. Er sah das Glitzern in ihren Augen und der Vibrator legte los. Als der Vorspann lief, begann sein Schwanz zu bitzeln, den es schon mächtig gegen den Käfig drückte, weil der Vibrator in seinem Hintern gute Arbeit leistete. Dann erhielt er einen Stromschlag im Cage und er bockte reflexartig mit der Hüfte.

Nele lachte leise. „Fickst du die Luft oder hast du eine imaginäre Freundin?"

„Was war das?", fragte er mit pochendem Puls.

„Das ist ein Stromcage.", erklärte sie leise, weil der Film bereits anfing. Sie regulierte den Cage auf ein sehr erregendes Dauerbitzeln. Und damit war ihm klar, dass er von dem Film wenig mitbekommen würde. Sie regulierte so permanent an einem oder beiden Fernbedienungen herum, dass er alsbald auf seiner Hose einen feuchten Fleck bekam. Vorwurfsvoll schaute er sie an und deutete darauf.

„Mach mich nicht verantwortlich dafür, wenn du undicht bist und dich nicht zusammenreissen kannst.", wies Nele jede Schuld von sich. Er hatte ohnehin schwer Mühe, sich zusammenzureissen und nicht dauernd aufzustöhnen. Immerhin hatte sie den Schocker nicht mehr benutzt bisher. Als während des Abspanns wieder das Licht anging, zog Luca hastig seine Jacke an und schloss sie vorne. Er war dankbar, dass sie lang genug war, seinen Schritt zu verdecken, der feuchte Fleck war wirklich sehr unübersehbar. Und er wollte jetzt nach Hause.

Zielsicher steuerte er zur Tiefgarage, wurde aber von Nele gebremst. "Komm, lass uns noch ein Stück laufen und vorn in der Flora-Bar noch was trinken.", zog sie ihn in die andere Richtung. Er schaute sie gequält an, was ihr sichtlich gefiel.

„Bitte nicht.", flehte er. „Oh doch.", beharrte sie und ging einfach weiter. Nun war ihm auch klar, wieso sie fahren wollte. Er konnte nur folgen. Leider erregte ihn ihre Bestimmtheit und das Ge fühl des Ausgeliefertseins.

In der Bar angekommen, suchte sie immerhin einen Tisch, der nicht allzu gut einsehbar war. Wieder bestimmte sie, was er trinken durfte.

Nachdem sie sich eine Weile unterhalten hatten, wobei Nele immer mal wieder an einem der Rädchen drehte und Lucas Schwanz zucken liess, grinste Nele, griff in ihre Handtasche und streckte ihm unter dem Tisch die Hand hin. Er zögerte.

„Wenn du es nicht nimmst, lasse ich es fallen oder lege es auf den Tisch.", warnte sie. Hastig griff er nach ihrer Hand und liess sich etwas in seine drücken. Etwas weiches lag darin. Er hatte eine Ahnung und sein Schwanz zuckte schon wieder. Elender Verräter. „Geh auf die Toilette und zieh das an.", befahl sie ihm leise. „Bitte nicht.", flehte er, an seinen feuchten Fleck denkend. „Doch.", erwiderte sie mit drohendem Unterton. Einen Moment starrten sie sich an. Dann ergab er sich. Eilig hastete er zur Toilette. Nele drehte den Vibrator auf und der Cage bitzelte ebenfalls mehr.

Unter den Voraussetzungen den Damenslip aus Spitze anzuziehen war nicht ganz einfach. Sein Schwanz tropfte nun noch mehr und er versuchte ruhig zu atmen und sich darauf zu konzentrieren. Gelang ihm allerdings nicht sehr gut, seine Geilheit nahm bald überhand und er konnte seinen Puls bereits in den Ohren spüren. Der Slip fühlte sich irre an und erregte ihn noch mehr. Er sah an sich herunter, da stand er, in sexy Strapsen mit Spitzenslip und auslaufendem Schwanz.

Er tupfte den Verräter einigermassen trocken und hoffte, dass der Slip wenigstens etwas abfing von der Feuchtigkeit. Dann eilte er zurück an den Tisch.

„Na, gefällt dir dein Geschenk?", fragte sie ihn neugierig. Er schluckte trocken und nickte.

„Ja, He… Nele, danke.", antwortete er stotternd. In der Öffentlichkeit wollten sie ja die „Herrin" weglassen. Sie plauderten noch ein wenig, wobei er sie reden liess und wenig von ihr mitbekam, weil sie ständig an den Rädchen herumspielte und ihn auf Betriebstemperatur hielt.

„Komm, lass uns heimgehen.", befand sie dann auch schliesslich, als sie merkte, dass er nicht sehr aufmerksam war. Er nickte erleichtert und während sie noch kurz auf der Toilette verschwand, zahlte er, zog im Sitzen seine Jacke an und schloss den Reissverschluss. Inzwischen lief er vor Geilheit fast aus und es kostete ihn unglaubliche Anstrengung, nicht zu stöhnen.

Sie verliessen die Bar. Nele hängte sich bei ihm ein und zwang ihn langsam zu gehen. Er wollte nur nach Hause, aber dieses Biest von einer Frau hatte diebischen Spass an seiner Situation. Sie nahm dann auch einen Umweg zur Tiefgarage. „Ich mag es, dich so zu sehen. Dir dabei zuzusehen, wie du versuchst nicht aufzufallen und dich dabei immer weiter in den Wahnsinn zu treiben, dich zu quälen.", Nele lachte und blieb stehen. Sie stellte sich auf die Zehenspitzen und raunte in sein Ohr: „Und es wird noch schlimmer."

„Wie kann es noch schlimmer werden als das gerade?", meinte er trocken. „Im Kino bin ich schon fast durchgedreht, aber eben in der Bar dachte ich, ich halte das nicht mehr aus."

„Warte ab.", drohte sie kichernd. Endlich hatten sie die Tiefgarage erreicht. Nele schob ihn Richtung Auto, drückte ihn dagegen und küsste ihn ziemlich heiss. Er erwiderte überrascht, aber gierig den Kuss und bemerkte zu spät, dass sie seine Hände mit Kabelbinder an die Türgriffe fixiert hatte. Bevor er etwas dazu sagen konnte, hatte sie ihm etwas in den Mund gestopft.

„Das ist mein Slip.", verriet sie ihm. „Schön die Klappe halten und den Slip im Mund lassen, sonst muss ich das Tape drüber kleben und das möchtest du nicht." Schnell nickte Luca zustimmend. Sein Schwanz pochte im Käfig und er konnte förmlich spüren, wie er noch mehr auslief. Nele zog ihm mit schnellen Handgriffen die Hose bis auf die Knie. Seine Augen wurden gross und er wollte etwas sagen. Sie schüttelte den Kopf und legte einen Finger auf ihre Lippen.

Dann holte sie die beiden Fernbedienungen aus ihrer Handtasche und nahm in jede Hand eine. „Und jetzt wird TV geschaut.", erklärte sie mit bösem Grinsen bevor sie beide Geräte voll aufdrehte und er vor Geilheit zerfloss.

„Ich will, dass du kommst. Hier. Mit dem Vibrator im Arsch, Strom auf deinem Schwanz. So wie du hier stehst, halb entblösst, in Strapsen und Spitzenslip, in einer Tiefgarage in der Öffentlichkeit, mit meinem Slip im Mund." Ihre Worte feuerten seine Erregung nur noch weiter an, sie wusste genau, dass sie ihn damit fertig machte, wenn sie ihn so demütigte. Er zappelte in ihrem Netz.

Als sie seine Eier begann zu kneten, war er kurz vorm Höhepunkt und stöhnte dabei leise in ihren Slip, während sie ihm noch ins Ohr raunte: „Gewöhn dich an den Geschmack, davon gibt es nachher noch mehr." Und damit katapultierte sie ihn endgültig in den Orgasmus.

Überraschungsbesuch

Für Nirwana

Sina sass in ihrem Sessel und schaute dabei zu, wie Fabian von der Maschine gefickt wurde. Er kniete auf allen vieren vor ihr, mit einem Knebel, der ihn sabbern liess, weil er es unmöglich machte, dass er seinen eigenen Speichel schluckte. Sie wusste, wie demütigend er das fand, noch dazu, weil sie ihm dabei zusah, wie er sich von einer Maschine ficken lassen musste. Ihr gefiel die Show.

Fabian war nicht fixiert, was irgendwie noch demütigender war, weil er so alles scheinbar freiwillig über sich ergehen liess. „Fass dich an.", befahl Sina ihm und er folgte, wichste sich vor ihren Augen, während sie die Geschwindigkeit der Maschine drosselte, aber die Tiefe änderte. Ihr Fuss schnellte nach vorne und drückte seinen Kopf nach unten.

Nun war sein Hintern definitiv noch exponierter. Sie stand auf und umrundete ihn.

„Wehe, du spritzt ab. Das hier ist nur Training. Ich will deine Boypussy vorbereiten auf den grossen Tag.", sagte sie süffisant und befreite ihn vom Knebel. Er hielt in seiner Bewegung inne. „Was meinst du damit?", fragte er bang.

„Nun, wir haben doch über Optionen gesprochen. Verleih, Public Disgrace und so.", erklärte sie. Eine Gänsehaut überzog ihn und er wusste nicht, ob er das fürchtete oder herbeisehnte. „Ich denke, es wird Zeit Pläne umzusetzen.", ergänzte sie.

„Aber was hat das mit Training zu tun.", wollte er wissen.

„Oh, Geduld, das wirst du schon noch erfahren. Und jetzt mach weiter und konzentrier dich." Sie liess ihn sich selbst vor ihren Augen mehrfach bis kurz vor den Orgasmus wichsen bis er jammerte, dabei variierte sie immer wieder mal Geschwindigkeit und Tiefe der Stösse. Er war gut eingeritten und mehr als bereit für ihre Pläne.

Nachdem er wieder kurz vor seinem Höhepunkt aufgehört hatte mit wichsen, stoppte sie die Maschine, was ihm ernsthaft einen Laut der Enttäuschung entlockte. „Genug mit der Maschine für heute, wir machen anders weiter. Steh auf.", befahl sie ihm, was er mit wackeligen Beinen tat. Sie führte ihn zum Gynstuhl und fixierte ihn darauf. Als sie damit fertig und Fabian unbeweglich war, zog sie ihm noch eine Ledermaske über, die ihm die Sicht vollständig nahm, aber den Mundraum offen liess.

Dann zog sie sich den Strapon an, kletterte über ihn und rückte ihm den Dildo in den Mund.

„Mach ihn schön nass.", forderte sie ihn auf und fickte ihn ein paar Mal in den Mund. Auch dieses Training war wichtig für ihre Pläne. Folgsam liess er sich deepthroaten und sein Schwanz schwoll dabei erneut an. Es machte ihn immer wieder an, wenn sie ihn so benutzte. Und das forcierte machte ihn willenlos. Nach einer Weile stieg sie von ihm herunter und platzierte sich an seinem Arsch. Sein vorgedehnter Anus nahm den Strapon problemlos auf und Fabian stöhnte, als sie ihn tief hineinschob und ihn dabei hart wichste.

Es klingelte an der Tür und Sina liess von Fabian ab. Der hielt die Luft an und konnte nicht fassen, dass sie anscheinend tatsächlich an die Tür ging.

Er hörte sie mit einem Mann reden, verstand aber nicht, was sie sprachen. Dann hörte er Schritte. Die Musik wurde lauter. Unsicher lag er auf dem Gynstuhl und versuchte in den Raum zu lauschen, konnte aber wegen der Musik nichts hören. Plötzlich spürte er eine Hand an seinem Schwanz und seinen Eiern, er schnaufte. Die Hand tastete ihn merklich ab. Er konnte nicht genau sagen, ob es Sinas Hand war oder die einer fremden Person.

Dann zog jemand an seinen Nippeln. Da eine Hand aus seinem Genitalbereich verschwunden war, wusste er nicht, ob es dieselbe Person oder eine andere war. Seine Gedanken schlugen Purzelbäume. Dann verschwanden beide Hände von ihm.

„Vergiss das Atmen nicht.", ertönte es plötzlich dicht neben seinem Ohr. Er erschrak. Fabian hatte tatsächlich die Luft angehalten vor lauter Aufregung. Laut stiess er den Atem aus. Weg war sie. Dann spürte er einen Finger an seinem Anus. Langsam, aber bestimmt bohrte er sich in sein inneres. Eine andere Hand umfasste seinen Schwanz. Er stöhnte. Es folgte ein zweiter Finger in seinem Arsch. Jemand kniff in seine Nippel. Beide. Die Finger fickten und die Hand wichste ihn kontinuierlich.

Der ziehende Schmerz in den Nippeln war wohldosiert und seine Gedanken begannen sich aufzulösen. Die Hand wichste ihn sehr zielgenau und stoppte immer wieder kurz vor dem Höhepunkt. Er wimmerte. Sina raunte ihm zu: „Du musst nur Fragen."

„Um ein NEIN zu kassieren?", japste er atemlos. „Niemals."

Sie lachte. Die Hände setzten ihre Folter fort und er fing an zu schweben. Dann waren unvermittelt und plötzlich alle Hände weg und er war enttäuscht. Fühlte sich kurz leer und verlassen. Spürte aber denn, wie sich wieder etwas in seinen Anus schob.

Kurz drauf war ihm klar, dass Sina ihn mit dem Strapon fickte, er hörte ihren Atem. Hart wichste sie ihn. „So, mein kleines Fickstück, der erste Test ist vorüber.", erklärte sie ihm. „Wie hat es dir gefallen?"

Fabian keuchte, er konnte sich kaum auf die Frage konzentrieren, Sina hatte den perfekten Winkel erwischt, ihn in den Wahnsinn zu treiben.

„Äh.", kam es eloquent aus seinem Mund.

„Äh?", wiederholte sie fragend. Er ächzte und stöhnte, während sie die Bewegungen ihrer Hand beschleunigte und ihn langsam und tief mit dem Strapon fickte. Er war nur noch pure Geilheit, das Ausgeliefertsein, das Vorgeführtwerden ohne Sicht, und dann das jetzt… er konnte nicht mehr denken, er wollte nur noch abspritzen. Unvermittelt zog sie sich aus ihm zurück.

„Neiiin.", bettelte er. Daraufhin schob sich der Strapon wieder in ihn und fickte beharrlich weiter.

„Bitte bitte, Herrin, darf ich kommen?", flehte er nun doch.

„Du wolltest doch vorhin nicht.", erwiderte sie.

„Bitte bitte.", wimmerte er leise und atemlos. „ich kann nicht mehr."

„Doch doch, du kannst noch.", behauptete Sina und macht einfach mit ihrem Rhythmus weiter. Er keuchte.

„Bitte, Herrin, ich komme, ich komme. Bitteeee."

Sie lachte höhnisch und fickte ihn ins Verderben. Er kam ohne Erlaubnis und wusste, dass das Folgen haben würde. Aber er konnte es nicht mehr zurückhalten.

„Entschuldigung.", sagte er kleinlaut, nachdem er wieder Luft bekam. Sie zog ihm die Maske ab und grinste ihm ins Gesicht. „Du weisst ja, dass unerlaubtes Abspritzen immer Konsequenzen nach sich zieht."

„Jaja, ich weiss. Und das hast du mit Absicht gemacht.", meckerte Fabian. Sie klatschte ihm kurz mit der Hand auf den Sack und meinte dann: „Natürlich, deswegen bin ich Domme und du sub."

Nachdem sie geduscht hatten, lagen sie zusammen auf dem Bett und Sina wollte Fabians Gedanken zu dem Erlebten wissen. Zufrieden stellte sie fest, dass sie zu Recht angenommen hatte, dass er soweit war, um dieses Spiel durchzustehen.

„Das war etwas erschreckend, aber auch irgendwie ziemlich heiss. Aber auch nur, weil ich wusste, ich kann mich auf dich verlassen. Darauf, dass du auf alles achtest und mich nicht alleine lässt oder einem Irren aussetzt.", erklärte Fabian. „Aber dieses Ungewisse, das da noch geblieben ist, das war krass. Ich weiss immer noch nicht, welche Hand wo war – oder wer das überhaupt gewesen ist."

Sina lachte. „Das ist letztendlich auch nicht mehr wichtig, oder?", fragte sie.

„Nein.", bestätigte er kopfschüttelnd. „Aber so richtig deftig wurde es, als die Person weg war und du mich mit dem Strapon genagelt hast. Da bin ich endgültig geflogen.", erinnerte er sich.

„Wer sagt dir denn, dass ich das war?", entgegnete Sina. Fabian schluckte leer und sah sie prüfend an. Sie grinste ihn herausfordernd an.

„W-wie jetzt?", fragte er erschrocken. „Ich dachte, wir waren zum Schluss alleine."

„Zum Schluss ja.", bestätigte Sina, „Aber hast du nicht registriert, dass mal kurz der Strapon deinen Arsch verlassen hatte?"

"Oh,", machte er tonlos, "doch, jetzt wo du es erwähnst."

"Kleiner Strapontausch.", grinste sie. „Danach habe ich dann allen weitergemacht."

Fabian schnappte nach Luft. „Und wer war das?", wollte er nun doch wissen.

„Das", meinte Sina höhnisch grinsend, „hatten wir ja bereits für unwichtig erachtet." Er schnaufte. Und er wusste, dass er nicht weiterkam, das Thema war erstmal vom Tisch für Sina. Sie verschloss seinen Schwanz wieder im Cage, den er überwiegend trug und hängte das kleine Schlüsselchen an ihre Hals kette. Dann gingen sie schlafen.

Drei Tage später schickte Sina ihm eine Nachricht mit Anweisungen nach Feierabend. Spülen, duschen, Dresscode. Aufgeregt grübelte er, ob wieder Besuch käme. Nach einiger Zeit stellte er dann Sina die Frage, ahnte aber schon, dass sie darauf nicht eingehen würde. Was sie auch nicht tat. Also folgte er ihren Anweisungen nach Feierabend und wartete dann auf sie. Als Sina die gemeinsame Wohnung betrat, kniete er nackt, nur mit Halsband, Cage und Plug „bekleidet", im Flur und erwartete sie. Sie streckte ihm einen Fuss nach dem anderen hin und liess sich aus den Pumps helfen. „Dein Kopf bleibt heute unterhalb von meinem Hintern.", befahl sie ihm.

„Ja, Herrin.", nickte er.

„Dir stehen ja noch Konsequenzen aus für dein unerlaubtes Abspritzen neulich.", erinnerte sie ihn. Natürlich hatte sie das nicht vergessen. Fabian nickte er geben und seufzte. Dafür erhielt er rechts und links eine Ohrfeige.

„Ich finde nicht, dass dir das zusteht, schliesslich hast du das verbockt.", befand sie hart.

„Aber…", hub er an, schliesslich hatte sie ja nicht aufgehört. Wieder erhielt er zwei Ohrfeigen. Sein Schwanz drückte fies gegen den Cage, Ohrfeigen waren so demütigend. Mit brennenden Wangen entschuldigte er sich.

„Hast du das Essen vorbereitet?", fragte sie unwirsch.

„Ja, Herrin, wie angeordnet.", er deutete ins Esszimmer. Dort war der Tisch für sie gedeckt und neben ihrem Stuhl auf dem Boden sein Essen.

„Gut, dann lass uns erstmal essen.", bestimmte Sina. Nachdem sie das Abendessen gemeinsam vernichtet hatten, ging Sina duschen und Fabian räumte das Geschirr auf. Plötzlich stand sie aber wieder nackt hinter ihm. Sie konnte noch nicht geduscht haben.

„Hatte ich nicht gesagt, dein Kopf bleibt unterhalb von meinem Arsch?", donnerte sie los. Ups, er hatte den Tisch ganz selbstverständlich aufrecht abgeräumt. Sina griff in eine Schublade und zog einen hölzernen Kochlöffel hervor. „Beug dich vor, halt dich an der Küchentheke fest, Arsch raus.", befahl sie streng und schob ihn in die gewünschte Richtung.

Ergeben folgte er und stellte sich in Position. Genau solche Momente brachten ihn um den Verstand, wenn sie ihn so hart aus dem nichts heraus dominierte. Schmerzhaft drückte sein Schwanz gegen den Käfig, während sie den Kochlöffel mehrere Male auf seinen Hintern sausen liess. Der Schmerz war fies, aber in der Situation auch ziemlich heiss. Er sah mit vorgebeugtem Kopf, wie es aus seinem Schwanz tropfte. Hin und wieder traf sie mit dem Kochlöffel auch ein bisschen den Plug, was ihm wie Stromstösse durch den Körper ging, da der Plug so gebogen war, dass er auf seine Prostata zielte.

Nachdem sein Arsch hübsch warm und rot war, streichelte sie einige Male über die erhitzte Haut, streckte ihm den Löffel entgegen und ging duschen. Sehnsüchtig stierte er auf ihren nackten Hintern.

„Mach deine Arbeit.", rief sie ihm zu, als wüsste sie, dass er ihr hinterher glotzte. Er liess sich auf alle viere herunter und tat wie ihm geheissen. Nachdem er seine Arbeit verrichtet hatte, ging er in ihr Spielzimmer und wartete auf allen vieren, den Kopf deutlich tiefer als den eigenen Hintern.

Sina betrat das Zimmer, sie hatte sich nur einen kurzen leichten Morgenmantel übergezogen und trug darunter bereits den Strapon. „Komm her.", wies sie ihn an und liess sich auf dem Sessel nieder, rutschte mit dem Hintern an die Kante und drückte seinen Kopf in ihren Schoss, wo er sich sofort eifrig daran machte, sie nach ihren Bedürfnissen zu lecken. Nachdem sie gekommen war, wies sie auf den Strapon: „Jetzt den hier."

Folgsam lutschte er den Strapon nass, damit er nachher in seinem Hintern schön flutschte. „Dreh dich um.", befahl Sina nach einiger Zeit. „Präsentier' mir deinen Arsch." Er richtete sich auf und bremste sich dann rechtzeitig, drehte sich auf den Knien herum und beugte sich vorn über. Er legt den Kopf auf den Boden und zog seine Pobacken auseinander.

Sina stippte einige Male mit dem Finger gegen den Plug und rieb ein bisschen über seine noch immer glühenden Pobacken. Dann titschte sie ein bisschen seine Eier, was ihn zucken liess, denn sie waren schon wieder prall und begannen sich zusammenzuziehen.

Lächelnd zog sie den Plug aus ihm heraus und lauschte seinem schneller werdenden Atem. Sie legte den Plug neben sich auf das Tischchen und strich mit den Fingern über den Anus. Er atmete sehr hörbar ein. Und dann drang sie mit dem Finger ein, ganz langsam schob sie ihn vorwärts, spürte die Hitze seines Inneren und das Zusammenziehen seines Schliessmuskels. Sie verharrte kurz so und begann ihn dann ganz leicht zu fingerficken, während sie neben sich nach dem Gleitmittel griff und es auf ihren Finger fliessen liess. Dann folgte der zweite Finger und sie knetete dazu seine Eier. Und nach einer Weile folgte der dritte. Fabian schnaufte. Die Dehnung war genau richtig, tat nicht weh, aber war sehr deutlich. Sina tippte an seinen Käfig und er stöhnte etwas. Wie gerne wäre er jetzt das Ding los und könnte sich anfassen.

„Und hier haben wir die Verwandlung in ein geiles, tropfendes Fickstück.", bemerkte Sina mit süffisantem Ton. Fabian kam den Fickbewegungen ihrer Finger gierig entgegen, ihre Worte heizten nur noch mehr auf.

Einen Moment lang gaben sie sich beide der Situation so hin und genossen es. Dann murmelte Fabian leise: „Bitte, noch einen Finger, Herrin." „Oha, heute bist du besonders gierig. Bist du sicher?", fragte sie.

„Ja, Herrin, bitte.", flüsterte er flehentlich. Sina nahm nochmals grosszügig Gleitgel und begann ganz langsam, den vierten Finger ebenfalls in seinem Hintern zu versenken. Fabian hatte sich nun nicht mehr unter Kontrolle und stöhnte laut, während Sina wieder mit der anderen Hand seine Eier knetete.

„Wow", meinte Sina leise, „das ist ein Level höher." Sie wollte es aber auch nicht übertreiben und entzog ihm ihre Finger. Er maulte, was ihm eine Salve von Schlägen auf den Hintern und einige Klatscher auf den Sack einbrachte. „Reiss dich zusammen, Fickstück, du hast nichts zu fordern.", schimpfte sie. „So und nun komm hoch und fick dich mal schön selber auf dem Strapon.", forderte sie ihn auf. Er drehte sie um und schaute fragend. „Darf ich mich denn erheben?"

„Ja, dafür gebe ich dir die Erlaubnis.", bestätigte sie. Fabian stand auf um kurz drauf auf ihrem Strapon Platz zu nehmen. Langsam schob er sich immer mehr darauf und spürte, wie das Teil ihn ausfüllte. Sina hatte einen grösseren gewählt, sie hatte also da bereits geplant ihn zu dehnen. Er brauchte einen Moment, als er ihn komplett in sich geschoben hatte, um sich an das Ding zu gewöhnen. Sie liess ihm die Zeit und knetete derweil erneut seine Eier und strich über den Cage, was er sehr genau spürte, da sein Schwanz fast herausquoll, so hart wollte er werden. Diese Art ihn noch geiler zu machen half ihm seinen Anus zu entspannen und schliesslich begann er den Strapon wie befohlen zu reiten und sich selbst damit zu ficken. Sein Schwanz schwoll dabei noch mehr an und gab ihm in seinem Käfig einen fiesen Schmerz, der ihn allerdings hilflos geil machte.

Sina wechselte zwischen Eiern, Schwanz und Nippeln und brachte ihn an den Rand des Wahnsinns damit. Er spürte wie er begann auszulaufen.

„Herrin,", stöhnte er, „ich habe eine undichte Stelle." beichtete er. Sie fasste seinen Schwanz an, nahm die Flüssigkeit auf, die er produzierte und steckte ihm die Hand in den Mund. Gierig und folgsam leckte er ihre Hand sauber, während er sich weiter auf dem Strapon bewegte.

„Du weisst, dass eine Kamera auf dich gerichtet ist?", fragte sie plötzlich und er hielt in der Bewegung inne.

„Nein?", antwortete er unsicher. „Das meinst du nicht ernst."

„Oh, doch. Schau dort.", sagte sie und zeigte direkt vor sie beide ins Regal – und dort stand tatsächlich eine Webcam. „Und weisst du was?" setzte sie hinzu.

„Was?", fragte er atemlos.

„Sie ist an und du wirst gerade beobachtet, wie du dich selbst immer geiler machst auf dem Strapon.", verriet sie ihm. Fabian war schockiert. Und gleichzeitig machte es ihn unfassbar an.

„Wer…?", flüsterte er erstarrt.

„Das ist uninteressant für den Moment. Aber man kann dich auch hören.", grinste Sina. „Und jetzt mach weiter, Fickstück, das Publikum wartet." Fabian musste den Gedanken noch sacken lassen, Sina kniff hart in beide Nippel. „Los jetzt!", befahl sie und er fickte sich weiter mit dem Strapon.

Später – als sie erneut befriedigt und er immer noch mit geschwollenem Schwanz – gemeinsam im Bett lagen, kam er nochmals auf die Kamera zurück.

„War die Kamera wirklich an?", fragte er. Sina nickte. „Aber nicht irgendwo ins Netz und jeder hat Zugriff?" setzte er nach.

„Jetzt spinnst du aber.", lachte Sina. „Es gibt einen einzigen Zugang dazu. Und der Empfänger hat zu 100 Prozent mein Vertrauen. Du weisst, dass ich das niemals tun würde."

„Püh.", atmete er lang aus. „Ein wenig habe ich mir schon den Kopf zerbrochen. Ich meine, wir haben drüber gesprochen und alles, aber das real zu erleben…", er schaute sie an. „Hui, das war jetzt echt eine Nummer." Fabian machte eine Pause und dachte nach. Sina wollte gerade ansetzen etwas zu sagen, da meinte er: „Aber halt schon verdammt geil." Sina lachte laut.

„Ach mein aufmerksamgeiles Vorführfickstück. Aber dann bin ich froh, dass es doch so war, wie erwartet."

Am nächsten Morgen, einem Samstag, erwachte Fabian, weil sich ein feuchter Finger zwischen seine Pobacken schob und in ihn eindrang. Bereitwillig streckte er den Hintern heraus, damit Sina besseren Zugriff hatte. „Mmh, so ist brav, Fickstück.", murmelte sie leiser und dehnte ihn ein wenig. Prompt wurde es vorne wieder eng bei ihm. Da er gestern nach der Aktion ungeleert und natürlich verschlossen hatte schlafen müssen, war er überempfindlich. Sina drehte ihn sehr bestimmt auf den Bauch und er hob den Hintern an, als er den kühlen Dildo spürte, der sich den Weg in sein Inneres bahnte.

Sie schnappte sich seine Hände und hielt sie auf dem Rücken fest, während sie ihn ordentlich durchfickte. Fabian schrie fast ins Kissen vor Geilheit und bettelte kommen zu dürfen. Sina beugte sich vor und raunte in sein Ohr: „Wenn du so kommen kannst, dann komm." Leise lachend fickte sie ihn weiter, weil sie wusste, dass er das nicht schaffte. Es war ja Teil des Trainings, dahin zu kommen.

Sina liess seine Hände los und zog seine Arschbacken auseinander. Sie beobachtete wie der künstliche Schwanz in Fabians Arsch fuhr und wieder herauskam. Sie veränderte den Winkel und Fabian bettelte wieder. „Leg deine Hände auf den Rücken.", befahl sie ihm und er gehorchte sofort. Dieses Bild, seine auf dem Rücken verschränkten Hände und der Strapon in seinem Arsch, seine herrlichen knackigen Pobacken so auseinandergezogen, seine Wehrlosigkeit und die Bettelei brachten sie zum Höhepunkt.

Sie küsste seinen Nacken und zog den Dildo aus seinem Hintern. Er wimmerte ins Kissen. „Danke, mein Fickstück, für diesen wunderbaren Orgasmus."

„Ich kann dich nicht leiden.", motzte er ins Kissen, worauf Sina den Flipflop vorm Bett aufnahm und ihm den Hintern versohlte.

„Kannst du mich jetzt wieder leiden?", fragte sie anschliessend höhnisch. Er nickte ins Kissen. „Ja, Herrin."

„Dann wäre das ja geklärt.", befand sie. „Und jetzt geh Frühstück machen."

Am Abend schauten sie nur gemeinsam einen Film und sie knetete dabei seine Eier, um ihn schön dauergeil in seinem Käfig zu halten. Ab und zu atmete er scharf ein und sie grinste vor sich hin.

Vor dem Schlafengehen befahl sie ihm 15 Minuten knien mit Nippelklemmen mit Glöckchen und Händen auf dem Rücken verschränkt - und befestigte dafür noch vorher einen kleinen Minivibrator am Cage, der die ganze Zeit über auf kleiner Stufe lief. Dabei liess sie auf dem Tablet einen Porno laufen, indem ein Kerl vor seiner Domme von zwei anderen gespitroastet wurde. „Ich will kein Klingeln von den Glöckchen hören!", warnte sie. Er wurde nach kurzer Zeit ziemlich unruhig, die Glöckchen klangen auf und seine Hände wanderten unwillkürlich nach vorn an den Cage.

„Hey!", rief sie in seinem Rücken. „Sofort die Hände nach hinten und Ruhe. Ich wäre lieber ruhig, denn ich zähle, wie oft die Glöckchen klingeln und das wird nicht lustig." Er erschrak und packte die Hände wieder auf den Rücken. Bimmbimm.

„Was hast du vor?", fragte er unsicher.

„Das weiss ich noch nicht ganz genau, aber es könnte die Menge der Männer sein, die ich über dich drüber rutschen lassen, Fickstück. Wie würde das deinem Arsch gefallen?"

Abrupt drehte sich Fabian zu ihr um, was natürlich wieder die Glöckchen klingeln liess. Sina zog höhnisch die Brauen hoch. „Oh, du möchtest wohl, dass es viele werden. Ein Gangbang?"

Langsam und mit Bedacht drehte er sich zurück und schnaufte. Sina sprang auf und schlug ihm auf den Hintern. Er erschrak. Bimmbimm.

„Das war gemein.", motzte Fabian. Sie flitzte um ihn herum und gab ihm schnell zwei Ohrfeigen für diese Antwort. Bimmbimm.

„Fünf.", zählte sie zufrieden. „Fünf Typen ist schon eine ambitionierte Zahl. Ich wäre jetzt etwas vorsichtiger." Fabian schwieg, schaute den Porno und litt seine restlichen Minuten ab. Sein Schwanz war steinhart und presste gegen den Cage. Als Belohnung durfte er mit Maske nebendran liegen und zuhören, wie sich Sina mit dem Vibrator Erleichterung verschaffte, was wiederum nicht dazu führte, dass er sich entspannte. Er schief unruhig in dieser Nacht und weil er sich so herumwälzte, weckte er damit Sina auf, die sich entnervt auf sein Gesicht setzte und ihn zu ihrer Befriedigung benutzte, um danach direkt wieder einzuschlafen, während er mit pochendem Schwanz hellwach aber mucks mäuschenstill neben ihr lag. Seine Nerven lagen blank.

Am Sonntagmorgen weckte Sina ihn und schickte ihn unter die Dusche, sein Schwanz hatte in der Nacht ziemlich getropft. Sie stieg zu ihm in die Dusche und befreite ihn aus dem Cage. Sie küsste ihn und wichste dabei langsam seinen bereits harten Schwanz bis er zappelte und bettelte. „Bitte bitte, ich halte das nicht mehr aus.", jammerte er.

Sie zog ihn zu sich und raunte ihm ins Ohr: „Willst du jetzt sofort kommen…", er nickte schon heftig und sie klopfte ihm kurz auf den Hinterkopf, „oder möchtest du mich nachher ficken?", fragte sie lasziv. Fabian schaute sie prüfend an. „Wann nachher?", fragte er skeptisch. „Wenn wir trocken sind. Kein Quickie unter der Dusche. Ein gescheiter Fick.", sagte sie. Er hatte das Gefühl, ihm liefe Sabber aus dem Mundwinkel, es war Wochen her seitdem sie ihm das erlaubt hatte. „Ehrlich?", fragte er zweifelnd. „Ich habe Lust auf deinen Schwanz in mir.", bestätigte sie nickend. Nun sabberte er wohl wirklich. „Aber ich habe eine Bedingung.", fügte sie hinzu. Er hatte es ja gewusst.

„Welche unerfüllbare Bedingung?", seufzte er augenrollend wofür er wieder eine Ohrfeige einfing. „Du trägst Strapse und einen Plug." „Oh.", machte er überrascht. Das war nicht unerfüllbar. „Und?", drängte sie, während sie wieder seinen Schwanz in die Hand nahm.

„Ja, Herrin.", stimmte er zu. Als er Minuten später in Strapsen und mit Plug versehen in sie eindrang, kamen ihm vor Dankbarkeit fast die Tränen. „Eins noch.", hielt Sina ihn zurück. „Selbstverständlich haben wir nur übers Ficken geredet, nicht übers Abspritzen." Er hielt den Atem an und schaute ihr in die Augen. War sie wirklich so grausam? Sina grinste teuflisch. „So fies bin ich nicht, du hast es dir verdient." Fabian atmete erleichtert auf. „Aber du fragst erst. Und selbstverständlich geht mein Höhepunkt vor." Er nickte eifrig und stiess einmal sein Becken nach vorn, was beide aufkeuchen liess.

„Und,", setzte sie hinzu, „du darfst in mir kommen, aber du leckst mich sauber danach.", bestimmte Sina. „Ja, Herrin. Selbstverständlich." Er hätte dabei auch eine Arie gesungen. „Und das nächste Mal, wenn du mich ficken darfst, steckt vielleicht währenddessen ein echter Schwanz in deinem Arsch." Und das liess seinen Schwanz nochmal anschwellen. Danach lagen sie noch eine Weile im Bett bis der Hunger fies wurde und machten dann gemeinsam Frühstück.

Während sie assen, grinste Sina ihn an und meinte: „Und weil du heute so viel durftest, wirst du heute

Abend schön performen." Fabian verschluckte sich fast am Bacon. „Bitte was?"

„Ich denke eine kleine Einlage mit deiner Freundin wäre hübsch, während dich die Fickmaschine durchnimmt."

„Ähm.", räusperte er sich. „Muss das sein?"

„Wenn du in naher Zukunft nochmal so was erleben willst wie heute, mit Sicherheit.", erwiderte Sina.

„Ja, Herrin.", nickte er äusserlich ergeben. Innerlich freute er sich drauf und sein Schwanz, der natürlich wieder im Cage war, zuckte bereits unter dem Tisch.

 Am Abend machte er sich parat für seine Performance wie aufgetragen. Als er in ihr Spielzimmer kam, hatte sie bereits dafür gesorgt, dass seine „Freundin", wie Sina gern die aufblasbare Gummipuppe nannte, schön prall vor ihm lag. Er hasste das. Sie hatten einen schönen Silikontorso, der war schon peinlich zu ficken. Aber diese dämliche Gummipuppe war so dermassen erniedrigend, er hasste sie. Nun, er hasste sie nicht. Die demütigende Situation, sie ficken zu müssen – und das noch vor ihren Augen, machte ihn geil.

„Komm her,", forderte Sina ihn auf und wies auf die Puppe. „Nehmen wir mal Mass." Er folgte, stellte sich im Cage vor die Puppe und sie schob die Fickmaschine heran, öffnete dann den Cage und drückte ihn mit der Hand auf seinem Rücken auf die Puppe. „Begrüss deine Freundin, du ungehobelter Klotz.", befahl sie. Fabian zierte sich. „Du solltest dich zusammenreissen, was sollen denn die Leute denken?"

Sina wies zur Kamera und drückte ihn tiefer auf die Gummitrulla. Sein Gesicht war nun dicht vor ihrem und er küsste die „Wange" des albernen Gesichts. Sinas Finger schmierte den Hintern ordentlich mit Gleitgel ein und drang mit einem Finger vorbereitend in ihn. Er stöhnte und sein Schwanz stand sofort. Sie wichste ihn kurz weiter an und fingerfickte seinen Arsch. Er verging schon wieder vor Geilheit. Sina drückte erst eine Portion Gleitgel und dann seinen Schwanz in die Gummimuschi und richtete den Dildo der Fickmaschine auf seinen Arsch aus.

Dann setzte sie sich in ihren Sessel und stellte die Maschine an. „Los. Fick deine Freundin.", forderte sie Fabian auf. „Aber wag dich ja nicht zu kommen.", drohte sie noch. Und startete die Maschine. Er war hilflos gefangen zwischen dieser albernen Gummipuppe und der Fickmaschine und konnte bald nicht mehr geradeaus denken. Er fühlte nur noch Geilheit.

Nach einer Weile spürte er Sina neben sich. „Dein Publikum ist begeistert, soll ich dir ausrichten.", teilte sie ihm mit. Er stöhnte, er hatte es verdrängt. „Sie finden eigentlich, dass ich dir das Abspritzen erlauben sollte, sie wollen dich kommen sehen.", erzählte Sina im Plauderton.

„Ohja bitte.", flehte er. „Sollen wir eine Abstimmung machen?", fragte sie während sie die Maschine schneller stellte. „Ww-was?", stotterte er. „Wieso Abstimmung, sind da meh... aaaaaah." Sina hatte nochmal die Geschwindigkeit erhöht. „Komm für mich, Fickstück.", forderte sie ihn auf. Heute war sein Glückstag. Er fickte die Gummipuppe, während der Dildo der Maschine sein Inneres durchpflügte. Sina beugte sich zu ihm herunter, schaut ihm tief in die Augen und sagte: „Mach´s Maul auf, Hure." Als der den Mund öffnete, spuckte sie ihm hinein und er ergoss sich im selben Moment laut stöhnend in der Puppe. Das hatte ihm den letzten Kick über die Klippe gegeben.

Sina stellte die Maschine ab, ging zur Kamera und stöpselte sie aus und kam zu Fabian zurück. „Du bist unglaublich.", sagte sie zu ihm und nahm ihn in den Arm. Er war noch ziemlich neben sich und genoss einfach ihre Nähe. Für einen Moment standen sie so da und er konnte langsam wieder runterkommen, als sie merkte, dass er wieder einigermassen denken konnte, schickte sie ihn unter die Dusche und wartete dann im Bett auf ihn.

„Bald bist du soweit.", grinste sie ihm entgegen als er ins Zimmer kam. Und schon lief sein Kopfkino von vorne los.

Die kommenden zwei Wochen waren beide beruflich und familiär so eingespannt, dass sie nicht wirklich zum Spielen kamen. Da Fabian immer verschlossen war, hat Sina ihn in der Zeit nur zwei Mal schnell und hart auslaufen lassen. Ansonsten durfte er sich abends noch vor dem Bett gehen von ihr ausgesuchte kurze Pornoclips anschauen, damit er auch ja dauergeil blieb. Fiese kleine Gemeinheiten konnte Sina eben auch in hektischen Zeiten nicht lassen. In der dritten Woche fand sie dann wieder einmal Zeit für eine Anweisung und schrieb ihm eine Nachricht, dass abends das Training weitergehen würde. Fabian freute sich. Vielleicht durfte er ja mal wieder kommen?

Am Abend wartete er dann – wie immer war er früher als sie zuhause – wie befohlen, vorbereitet auf sie. Nackt kniete er im Flur, Halsband, Manschetten, Plug tragend und natürlich den Cage. Sina nahm die Leine von der Garderobe und hängte sie ins Halsband. „Komm.", forderte sie ihn auf und zog ihn an der Leine hinter sich ins Bad. Eilig folgte er ihr auf allen vieren. Im Bad kettete sie ihn an die Stangen vom Handtuchwärmer, zog sich aus und ging duschen. Er durfte dabei zusehen, was ihn schon wieder erhitzte.

Anschliessend liess sie sich von ihm eincremen und zog ihn dann – ohne sich anzuziehen - hinter sich her ins Spielzimmer, wo sie sich den Strapon vor seinen Augen anzog und ihn danach erstmal in seinen Mund stopfte. Begierig lutschte er den künstlichen Schwanz, sie gab ihm etwas Zeit, sich an das Ding zu gewöhnen und griff dann in seine Haare am Hinterkopf und zog ihn ordentlich drauf. Der Schwanz verschwand fast komplett in seinem Mund.

„Training hat wieder begonnen, Fickstück. Deine Löcher müssen reibungslos zugänglich sein.", erklärte sie ihm. Er schaute von unten herauf fragend in ihre Augen. „Du willst mich doch stolz machen, wenn ich dich anbiete?" Fabian würgte auf dem Schwanz, weil Sina ihm das Teil tief in die Kehle gestossen hatte. „Genau das wollen wir hören, Fickstück. Während dich ein Schwanz in den Arsch fickt, wird ein zweiter deinen Mund ficken.", beschrieb sie ihm. „Und dabei willst du mich doch nicht blamieren?"

„Mh-mh.", verneinte er. Gern wollte er fragen. Ob sie das ernst meinte, aber sie deepthroatete ihn nun gnadenlos und er musste sich konzentrieren.

Nachdem er den Strapon schön nass gelutscht hatte, forderte Sina ihn auf, sich auf den Bock zu lehnen und sich zu präsentieren. Während er dem Befehl nachkam, zog sich Sina einen kurzen Morgenmantel über und richtete schnell die Kamera ein. Dann trat sie von hinten mit der Kamera an ihn heran und filmte wie sie den Plug langsam entfernte und sich der Strapon in seinen Arsch schob. Fabian seufzte tief auf.

„Na, mein dauergeiles Fickstück, hat dein Arsch meinen Schwanz vermisst die letzten Wochen?", fragte sie höhnisch. „Ja.", stöhnte er und genoss jeden Zentimeter. Sie vögelte ihn eine Weile und genoss seine lauter werdende Geräuschkulisse. Dann bemerkte sie, dass ihr Handy blinkte und hielt inne, um die Nachricht zu lesen. *Dreh ihn auf den Rücken, wir wollen seinen Schwanz sehen.* Sina grinste.

„Dann wollen wir mal andersrum weitermachen, komm mit, leg dich hier auf Gynstuhl.", befal sie ihm. Sofort eilte Fabian zum Gynstuhl und legte sich parat. Sina wechselte den Schwanz im Strapon, nahm einen mit einer Biegung, die in der Position auf die Prostata zielte. Dann trat sie an Fabian heran, schmierte den neuen Strapon nochmal mit Gleitgel ein, richtete die Cam auf seinen Anus und drang in ihn ein. Als er komplett versunken war, registrierte Fabian den neuen Schwanz, der an seiner Prostata rieb und er stöhnte auf. Sein Schwanz quoll herrlich aus allen Ritzen des Käfigs, Sina liebte den Anblick, weil sie wusste, dass er fiese Qualen litt. Sie fickte ihn in einem unnachgiebigen gleichmässigen Rhythmus und achtete auf seine Seufzer, die immer hektischer und lauter wurden.

„Herrin.", winselte er. „Ich glaub, ich komme."

„Ich glaube nicht, dass du eine Erlaubnis hast.", antwortete sie und machte im exakt gleichen Rhythmus weiter.

„Bitte, Herrin.", jaulte er.

„Fragen wir dein Publikum." erwiderte Sina süffisant.

„Ohh, bitte bitte.", er verlor langsam seine Sprache. Sina schaute auf ihr Handy. *Er soll auslaufen. Wir wollen es sehen und hören. Wehe, er schafft es jetzt nicht.* Sina grinste.

„Dein Publikum will dich auslaufen sehen – und hören.", erklärte sie ihm. „Aber wenn du es nun doch nicht schaffst, wirst du eine Strafe erhalten. Und ich weiss nicht, was sie sich ausdenken.", setzte sie hinzu.

Dieser Gedanke brachte ihn kurz aus dem Gleichgewicht und er verlor fast die Zielgerade aus dem Blick. Doch weil Sina einfach stoisch im selben Tempo weiter fickte und an seiner Prostata rieb, weil sie so unerbittlich war und auch diese Situation ihn anmachte, schaffte er doch wieder in die richtige Stimmung zu finden und tat sächlich schaffte er es bis kurz davor und Sina stoppte und ruinierte. Zum ersten Mal. Langsam ergoss er sich aus dem Cage heraus auf seine Eier.

Sina verharrte und zog dann langsam den Strapon her aus. Wieder sah sie das Telefon blinken. *Spiel das bitte ab.* Im Folgenden eine Sprachnachricht, die sie neugierig abspielte, nach dem sie zu Fabian gesagt hatte: „Post für dich." Sie hörten Applaus. Fabian wurde rot. „D-das… das ist jetzt nicht…?", stotterte er.

„Doch, das ist dein Publikum.", lachte sie. „Und nicht nur das.", ergänzte sie.

„Wie meinst du das.", fragte er unsicher.

„Das sind deine Freier, mein Fickstück.", sagte sie diabolisch grinsend. Er blickte sie schockiert an. „Ach, Hase, du musst noch so viel lernen.", säuselte sie und befreite ihn von den Manschetten. „Geh duschen."

Als er aus der Dusche kam, lag sie bereits im Bett und winkte ihn zu sich. „Komm her, ich brauch noch deine Dienste." Bereitwillig liess er sich zwischen ihren gespreizten Beinen nieder und verschaffte ihr gehorsam einen Orgasmus, was ihn natürlich schon wieder anschwellen liess.

In der Woche nagelte sie ihn noch zwei Mal mit dem Strapon in Mund und Arsch und ruinierte den Chastigasm. Er war voll im Training und reif, befand sie.

Am Samstag schickte sie ihn einkaufen und bereitete dann alles vor. Bevor er nach Hause kam, erhielt er noch eine Nachricht von ihr wie er sich zuhause vorbereiten sollte. Ale er die Nachricht las, wurde er schon wieder hart im Käfig vor Vorfreude.

Daheim angekommen packte er die Einkäufe weg, duschte und bereitete sich vor. Er hatte keine Ahnung, wo sie war, vermutete sie aber in ihrem Arbeitszimmer. Als er fertig war, betrat er das Spielzimmer, kniete sich in die Mitte, zog die Maske auf und wartete auf sie. Lange musste er allerdings nicht ausharren, da setzte sie ihm bereits Kopfhörer auf, sagte noch kurz: „Du weisst Bescheid?" woraufhin er nickte und dann wurde es still in der Umgebung und er hörte nur noch diese spezielle Musik, die ihn schnell in eine Art Trance brachte.

Sinas Frage hatte auf die Sicherheit abgezielt. Natürlich wusste er Bescheid. Er wusste aber genauso gut, dass sie vor ihm abbrechen würde, wenn sie merkte, es würde ihm zu viel. Sie schien ihn ohnehin besser zu kennen als er sich selbst. Er spürte ihre Finger auf seinem Rücken, ihre Nägel kratzten ihn. Er bekam eine Gänsehaut. Dann spürte er ihre Hand an seinen Eiern, sie knetete ihn ungewohnt hart und er stöhnte.

Dann dehnte sie seinen Kopf nach hinten und zwang ihn, den Mund zu öffnen. Sie spuckte ihm in den Mund und sein Schwanz pochte. Sina zwickte in die Nippel und hielt sich daran eine Weile auf, was ihn in Fahrt brachte.

Danach liess sie ihn aufstehen und führte ihn zum Bock, dort platzierte sie ihn bäuchlings, so dass sie an Mund und Arsch drankam. Sina schmierte seinen Hintern und drang mit einem Finger ein, langsam begann sie ihn zu dehnen, bis sie ihn mit vier Fingern problemlos ficken konnte, er stöhnte und seufzte.

Sie zog sich den Strapon an und trat an seinen Kopf. Bereitwillig öffnete Fabian den Mund und der Strapon fuhr hinein. Er würgte leicht, gewöhnte sich aber schnell daran. Sie streichelte ihn und kratzte dann wieder mit den Nägeln am Rücken, wenn sie tief in seinem Mund war. Nach einer Weile entzog sie den Strapon Fabians Mund und trat hinter ihn. Nach einigen Schlägen auf den Hintern drang sie mit dem Kunstschwanz tief ihn in, was ihn zum Aufjaulen brachte. Kurz prüfte sie den Sitz der Kopfhörer als sie sah, dass zwei nackte Männer sich dem Zimmer näherten.

Sie winkte sie grinsend herbei. Sie löste sich von Fabian, legte den Finger auf die Lippen, trat wieder vor seinen Kopf und zwang ihn, den Strapon erneut zu lutschen. Fabian wehrte sich zunächst, aber sie zwang ihn, den Mund zu öffnen und er tat es schlussendlich. Beide Männer verdrehten wohlig die Augen bei dem Schauspiel, wichsten ihre Schwänze und grinsten. Sie winkte einen der Männer zu Fabians Hintern, beschied ihm aber mit Handzeichen, ihn noch nicht zu berühren. Sina entzog Fabians Mund nun den Strapon, sie ging um ihn herum, stellte sich seitlich und strich über seinen Rücken. Fabian entspannte sich sichtlich.

Dann gab sie dem Mann das Go und er setzte seinen in zwischen steinharten Schwanz an Fabians Hintern an. Der stöhnte zunächst laut auf, war dann kurz irritiert, aber als der Schwanz weiterfickte, nahm Fabian an, sie hatte den Strapon ausgetauscht. Da trat Sina wieder vor ihn und schob ihm erneut den Strapon in den Mund. Sie grinste, als sie an seiner Körpersprache sah, dass die Information langsam in sein Bewusstsein tropfte, dass hier zwei Menschen am Werk waren und der Schwanz in seinem Arsch womöglich ein echter war.

„Na, mein Fickstück, gefällt es dir?", fragte Sina, als sie kurz die Kopfhörer abstellte. Fabian gurgelte nur etwas unverständlich und sie fickte genüsslich weiter seinen Mund, dabei stellte sie wieder die Geräuschunterdrückung an und winkte den zweiten Mann herbei. Dann tauschte sie mit dem zweiten Mann die Plätze und schaute dabei zu wie der seinen Schwanz in Fabians Mund drückte. Auch hier dauerte es wieder einen Moment bis Fabian in seiner Geilheit bewusst wurde, dass er einen echten Schwanz im Mund hatte.

Er erstarrte. Sina legte die Hände auf seinen Rücken und streichelte ihn, was ihn zu beruhigen schien. Artig liess er sich spitroasten und nach kurzem begann es ihm auch zu gefallen. Sina nahm ihm die Kopfhörer ab. „Du machst mich sehr stolz, Fickstück, bedienst zwei Freier gleichzeitig. Da klingelt die Kasse.", säuselte sie ihm ins Ohr. Er stöhnte auf. „Möchtest du mir etwas sagen?", fragte sie.

„Mhm.", bestätigte er undeutlich. Der Mann am Kopf von Fabian grinste und entzog ihm seinen Schwanz.

„Sprich.", forderte Sina ihn auf. „Danke, Herrin. Mehr bitte.", sagte er atemlos. Und damit gab Sina den beiden Männern freie Fahrt, setzte sich mit dem Vibrator in den Sessel und genoss ihren ganz privaten Porno. Die beiden Männer benutzten Fabian sehr ausgiebig und tauschten auch einige Mal die Plätze. Fabian war im Rausch, Sina beobachtete ihn sehr genau und genoss es zu sehen, wie er schwebte.

Inzwischen lief stetig der Saft aus seinem Schwanz. Sina grinste, nach seinem Stöhnen kam er wohl nicht nur einmal. Schliesslich zuckten beide Männer kurz nacheinander auf und entleerten sich auf seinem Rücken. Fabian keuchte. Beide beugten sich nacheinander zu seinem Ohr und raunten einen Dank hinein.

Sina betrachtete die Szene lächelnd. Felix umarmte sie kurz und befand: „Du hast da ein echtes Zuckerfickstück ausgebildet." Auch Mike bestätigte ihr grinsend: „Also, wenn wir wieder helfen können, jederzeit."

Er küsste sie auf die Wange und sie verschwanden aus dem Spielzimmer. Sina wandte sich schnell Fabian zu. „Wie geht es dir?", fragte sie. „Hm, ich bin geil.", nuschelte er. Mit schnellen Handgriffen befreite sie ihn aus dem Käfig. „Dann werde ich dich jetzt nochmal kommen lassen, so lange das Sperma auf deinem Rücken noch warm ist, mein Fickstück."

Fabian stöhnte laut auf, als er die Worte hörte und sich zeitgleich sein Schwanz endlich ohne Cage aufrichten konnte. Sie wichste ihn und klatschte dabei immer wieder auf seine Eier, weil sie wusste, dass ihn das komplett rasend machte. Er kam hart, laut und schier endlos. Danach lag er völlig erschöpft auf dem Bock.

„Na, mein duchgeorgeltes Stück Fickfleisch, wie isses? Soll ich dir ein Bad einlassen?", fragte sie, als sie ihm Schwanz und Rücken etwas mit Feuchttüchern reinigte bevor sie ihn aus seiner Maske befreite. Fabian blinzelte und nickte. Als er sich halbwegs aufrichten konnte, hielt sie ihm eine Flasche kalte Cola hin. „Trink!", forderte sie ihn auf. „Dann leg dich einen Moment aufs Bett,", sie wies auf das Bett im Spielzimmer, „ich bereite das Bad vor."

Gierig trank er und versuchte dann einige unsichere Schritte Richtung Bett, schnell griff Sina zu und stützte ihn etwas. Er hatte ziemlich wackelige Beine. Dann verschwand sie im Bad und machte dort alles parat für ihn. Dann holte sie ihn aus dem Spielzimmer und begleitete ihn in die Wanne. Bevor sie aus dem Bad verschwand, küsste sie ihn auf den Mund und er wollte zurückzucken. „Ich hatte einen Schwanz im Mund."

Aber sie meinte nur lakonisch: „Den hatte ich auch schon im Mund." Sie ging in die Küche und er rief hinterher: „Darüber reden wir noch."

„Du wurdest gerade von zwei Männern gleichzeitig gefickt, aber DAS ist es, worüber du reden willst?", lachte sie. Als sie ins Bad zurückkehrte, lag er grinsend und mit geschlossenen Augen im Wasser. Sina betrachtete ihn einen Moment versonnen und genoss seine offensichtliche Erinnerung an das soeben Erlebte. Dann stellte sie den Wannentisch auf die Ränder.

Fabian öffnete die Augen und lächelte sie an. „Das war der Wahnsinn.", bekannte er.

„Es war der Wahnsinn zuzusehen.", meinte Sina. Damit setzte sie sich vor die Wanne auf den Boden und sie futterten zusammen die Snacks, die sie mitgebracht hatte. Und sie erklärte Fabian, wer das gewesen ist. „Das waren Felix und Mike. Sie sind ein Paar, Felix ist schwul, aber Mike ist bi – und wir hatten mal eine deftige Affäre. Die endete dann mehr oder weniger wegen einer anderen Frau, mit der er vor Felix zusammen war. Sehr eifersüchtig und besitzergreifend. Nervig." Sina öffnete augenrollend ein Radler und hielt es Fabian hin. Dankbar nahm er es und trank in grossen Schlucken. „Und wie kam es zu dem allem heute?", wollte er wissen.

„Mike hatte mich vor ein paar Wochen angeschrieben wegen einer beruflichen Geschichte, wollte da einen

Tipp und dann haben wir telefoniert und irgendwie kamen wir vom Hölzchen aufs Stöckchen."

„Auf SO ein Stöckchen?", fragte Fabian mit grossen Augen.

„Na ja, wir hatten damals schon eine sehr deftige Affäre, aber waren auch sehr vertraut. Das hat sich durch diese Frau etwas verlaufen, aber als wir jetzt telefoniert haben, hat sich eben der Teil mit der Freundschaft wieder belebt.", erzählte Sina. „Naja, und Felix und er haben halt auch eine offene Beziehung und sind ein bisschen im BDSM am herumprobieren. Habe Mike halt dann auch ein paar Tipps gegeben und eben von uns erzählt. Und so kam eins zum anderen."

„Und die Kamera?", nun wollte er alles wissen. „War das echt?" „Klar.", nickte Sina. „Waren die beiden. Aber jetzt sag mir mal, wie es für dich war. Hattest du Momente, in denen es für dich schwierig war?"

Fabian schüttelte den Kopf. „Nein, wirklich schwierig nicht. Wir haben ja darüber schon gesprochen. Und ich weiss, ich kann mich fallenlassen mit dir. Aber es war eine Überraschung, dass es zwei waren. Der Wechsel von dir zum ersten hat mich schon mental gefordert. Aber es wurde ziemlich schnell pure Geilheit daraus." Fabian schloss die Augen. „Aber was mich letztendlich völlig gekickt hat, war das Bewusstsein, dass du dabei zuguckst, wie ich einfach nur benutzt wurde." Er lächelte. Sina stand auf, beugte sich über ihn und küsste ihn auf die Stirn. „Dann kann ich dich ja nun auf dem

Hurenmarkt feilbieten." Damit nahm sie den abgefutterten Wannentisch und liess den verdutzten keuchenden Fabian im Bad zurück.

Hot Wife

Für den Zögling

Merle stand vor dem Spiegel und betrachtete sich eingehend, während Heiko ihre Rückseite mit der duftenden Bodylotion eincremte. Sie war an sich zufrieden, ein paar Kilo könnten weniger sein, aber was solls. Heiko schraubte den Deckel zu. „Fertig, Madame." „Gut.", befand sie und setzte sich in den Sessel. „Nun doch das Massageöl und massier´ mir die Füsse." Diensteifrig holte Heiko das gewünschte und kniete sich vor dem Sessel zu ihren Füssen. Hingebungsvoll massierte er Füsse und Unterschenkel und genoss dabei, wie sehr Merle das genoss.

„Ich habe jemanden kennen gelernt.", sagte sie ruhig mit geschlossenen Augen. Sein Herz klopfte plötzlich vor Aufregung los.

„In diesem Cuckold und Hot Wife Forum?", fragte er nervös.

„Genau.", bestätigte sie. „Habe dort ja eine Anzeige drin gehabt, dass ich jemanden suche und es haben sich natürlich einige Deppen gemeldet. Aber ein oder zwei Nachrichten waren ganz vielversprechend.", erzählte sie und betrachtete ihn nun aufmerksam. Er spürte sein Herz inzwischen im Hals. Atemlos hörte er zu.

„Und einen habe ich heute Mittag getroffen.", fuhr sie fort. Heiko atmete tief ein. Sie grinste. „War äusserst…", sie hielt inne, „nun ich würde sagen, es war sehr anregend."

„Seht ihr euch wieder?", wollte er wissen und er spürte wie ihm der Cage zu eng wurde. Merle hielt ihn seit drei Monaten überwiegend im Cage, seit dem Tag, an dem er ihr nach einer Session gebeichtet hatte, dass er die Idee des Cuckolds sehr erregend fand. Damals hatte sie nur hinterlistig gegrinst und ihm direkt den Schwanzkäfig verpasst. Was er nicht so direkt erwartet hatte. Und was ihm auch irgendwie sehr plötzlich vorkam. Aber Merle hatte nur abgewunken und gesagt, ganz oder gar nicht, Wünsche erfüllen oder nicht.

„Ja, übermorgen.", holte sie ihn aus seiner Erinnerung.

„Oh so schnell schon.", murmelte er überrascht.

„Sollen wir ewig warten?", fragte sie und er wusste, dass hinter der sehr genervt klingenden Frage auch eine ernste Frage danach stand, ob er weitermachen wollte.

„Nein.", erwiderte er kleinlaut und senkte den Blick. Sein verdammter Schwanz war schon wieder angeschwollen und quoll zwischen den Metallstreben des Käfigs heraus.

„Also dann, übermorgen werden wir uns hier treffen.", teilte sie ihm mit und er keuchte ein erschrockenes „oh". „Du wirst ihn dir anschauen können ohne, dass er dich sieht.", bestimmte Merle. „Wenn er dir nicht gefällt, ist das damit beendet. Wenn er dir aber gefällt, dann werden wir ein Treffen zu dritt machen, bei dem er entscheiden kann, ob er mit dir klarkommt." Merle liess den Kopf nach hinten auf die Lehne sinken und schloss wieder die Augen, um sich ganz dem Genuss seiner Hände hinzugeben.

„Ja, Madame.", bestätigte Heiko. Zwei Tage später kam der „Bull" zu Besuch und stellte sich Heiko, eigentlich ohne, dass er diesen zu Gesicht bekommen sollte. Allerdings fand der ihn so ansprechend, dass er sich nach kurzer Zeit zeigte und vorstellte.

„Hallo, ich bin Heiko.", sagte er noch ein bisschen unsicher als er sich neben Merle setzte.

„Hallo, ich bin Yannick. Wolltest du nicht noch undercover bleiben heute.", fragte Yannick überrascht, aber freundlich. Merle schaute erst etwas irritiert, aber als Heiko seine Fassung wiedergewonnen hatte und sie frech angrinste, fand sie ihre Sprache wieder.

„Hast du gerade gegen unsere Abmachung verstossen?", stellte sie ihn zur Rede. Heiko blickte sie an und grinste weiter frech, während er nickte. Merle griff in seine Haare, zog ihn zu sich, er musste folgen, wenn er seinen Skalp behalten wollte. Sie schob ihn über ihre Beine, fixierte seine zwischen ihren und schob seine Hose runter, sodass er mit blankem Arsch auf ihrem Schoss lag. Er wand sich, aber sie verstärkte kurz den Griff in seinen Haaren bis er Ruhe gab. Gott, was war ihm das peinlich als sie ihm den blanken Hintern versohlte – vor Yannick.

Wieder begann er zu strampeln und hörte daraufhin von Merle: „Yannick, kannst du mir hier mal zur Hand gehen?", forderte sie den Mann auf, der sogleich der Bitte nachkam, denn Heiko spürte auf einmal dessen Hand im Genick, die ihn nach unten presste – und zwar ziemlich nachdrücklich. Nun war er beiden ausgeliefert.

„Wir hatten da eine Vereinbarung, Miststück. Du weisst, was mit ungehorsamen Jungs passiert?", Merle machte eine Schlagpause.

„Mhm.", bestätigte Heiko ungenau, da er mit dem Gesicht ein wenig im Sofakissen lag.

„Hast du das also mit Absicht und im Bewusstsein dessen getan?", wollte Merle wissen und klatschte erneut auf seinen Hintern.

„Hmpf.", kam es von Heiko.

„Damit kann ich so gar nichts anfangen. Ich nehme das mal als ein JA.", entschied sie.

„Mmmmmmh.", zappelte er, das war so eigentlich nicht gedacht.

„Gib mir mal den Flipflop.", bat sie Yannick, der sich bückte, um ihr den Latschen zu reichen. Merle ergriff ihn und begann dann, Heikos Hintern damit ordentlich zu wärmen. Danach wies sie ihn an, sich auszuziehen und in die Ecke zu stellen mit dem Rücken zu ihnen. Yannick grinste. „Läuft bei dir."

„Und?", fragte sie neugierig und schaute ihr erwartungsvoll an. Yannick hob den Daumen und nickte. Merle setzte sich verkehrt herum auf seinen Schoss und fing an ihn zu küssen. Zwischendrin fauchte sie in Heikos Richtung: „Wage es ja nicht, dich umzudrehen, bevor ich es dir erlaube."

„Ja, Madame.", kam es leise aus dem Eck und sie wendete sich wieder ihrem neuen Bull zu. Heiko stand derweil im Eck, mit Blickrichtung natürlich auf die Wand und lauschte aufmerksam in den Raum. Hin und wieder konnte er beschleunigten Atem und Keuchen wahrnehmen, aber nichts genaues ausmachen, da es ansonsten tonlos war. Er nahm an, dass es von beiden kam. Zwischendrin hörte er Geraschel und einmal einen Reissverschluss, kurz drauf ein langgezogenes tiefes Stöhnen. Das kam von Yannick. Heikos Schwanz begann zu pulsieren. Er wollte sehen. Er drehte sich um.

Und sah direkt in Yannicks Augen, die ihn für einen Moment herausfordernd anschauten. Dann schloss er sie und genoss Merle, die seinen Schwanz im Mund hatte. Nach wenigen Minuten aber zog Yannick sie zu sich hoch, wo sie sich breitbeinig auf ihm niederliess. Heiko konnte sehen, wie Yannicks Schwanz in Merle verschwand und dann ritt sie ihn hart. Dabei stöhnte sie vor Lust mit zurückgelegtem Kopf und Yannik kümmerte sich dabei um Merles schwingende Brüste. Heikos Magen zog sich zusammen vor Eifersucht, vor Neid, vor Sehnsucht und vor Geilheit. Es machte ihn unheimlich an zu sehen, wie Merle Spass mit Yannick hatte.

Nach einer Weile schaute Yannick wieder zu ihm und flüsterte Merle etwas zu, die sich zu ihm umdrehte. „Na", fragte sie. „Gefällt dir was du nie mehr haben wirst?" Heiko schluckte und nickte zögernd. „Gut. Gewöhn dich dran." befand sie und widmete sich wieder Yannick. Der schnappte sich Merle und legte sie mit dem Rücken aufs Sofa.

„Sieht er da hinten noch gut genug?", fragte er Merle, die das prompt verneinte.

„Komm her und setzt dich am Ende der Couch auf den Boden.", befahl er Heiko. Merle grinste, daher folgte Heiko umgehend. Nun sass er am Fussende und hatte den Blick hervorragend auf den Hintern von Yannick und konnte dabei zuschauen, wie dieser seine Frau in den siebten Himmel fickte.

Später – als Yannick gegangen war – lagen sie im Bett und besprachen den Abend. „Dir ist schon klar, dass du für das Missachten unserer Absprache noch eine Strafe erhältst?", fragte Merle.

„Ja.", bestätigte Heiko leise. „Tut mir leid, aber es ist mit mir durchgegangen."

„Das war deutlich.", grinste Merle. „Ist aber keine Entschuldigung." Sie rieb sich die Hände. „Aber das machen wir nicht mehr heute. Es war genug für einen Abend.". befand sie. „Wie geht es dir denn nun damit?"

Heiko grinste. „Ich war rasend eifersüchtig und es war auf eine ganz miese Art sehr geil.", gestand er und wurde tatsächlich etwas rot.

„Dann bleiben wir dabei und gehen die nächsten Schritte?", wollte Merle wissen.

Heiko schluckte und nickte. „Ja, ich glaube schon." Merle stupste den Finger in seine Backe. „Panik vor deiner ersten Bi-Erfahrung?"

„Schon irgendwie.", bekannte er.

„Keine Sorge, Yannick hat reichlich Erfahrungen mit Männern."

„Und als Bull auch?", fragte Heiko.

„Auch als Bull.", erklärte sie. „Das war der Grund, warum ich mich mit ihm als erstes treffen wollte. Und dann stimmte einfach die Chemie auf Anhieb."

Heiko lachte. „Das war nicht zu übersehen. Aber er sieht auch echt scharf aus.", gab er zu. „Nur… seit wann stehst du auf lange Haare bei Männern?"

„Tu ich gar nicht.", widersprach sie. „Aber bei ihm passt es einfach zum Gesamtbild."

„Stimmt.", fand Heiko. Merle hielt ihm den Arm hin und er kuschelte sich hinein. „Das war irre.", stellte er fest und sie bestätigte das.

Nachdem sie also beide Gefallen an der neuen Situation hatten, war klar, dass Yannick bald wieder zu ihnen käme, denn auch ihm hatte es grossen Spass gemacht. Daher verbredeten sie sich schon wieder für das nächste Wochenende. Da Merle nach wie vor der führende Part der Dreiergeschichte blieb, entschied sie auch, was passieren sollte. Und sie hatte einen grossen Schritt vor.

Kurz vor dem Eintreffen von Yannick verpasste sie Heiko einen Plug und stellte ihn nackt ins Eck des Schlafzimmers. Sie wollte diesmal mehr Platz haben und das Bett war deutlich grösser und somit eine bessere Spielwiese als die Couch.

Als Yannick klingelte, öffnete Merle und zog ihn knutschend ins Schlafzimmer. Yannick war ein verdammt zuverlässiger Bull wie sie bemerkte, er war sofort bei der Sache und zog sie langsam aus. Heiko wurde nicht beachtet, dem der Cage bereits zu platzen drohte. Yannicks knackiger Hintern war eine echte Freude zum Anschauen, und ihm lief ernsthaft das Wasser im Mund zusammen, die beiden so in Aktion zu sehen. Auch wenn es irgendwo tief drinnen ein bisschen gemein zog, dass Merle unter Yannicks Händen und Zunge derart lustvoll stöhnte und er nur dastand und zuschauen durfte. Da schob Merle Yannick von sich herunter und winkte Heiko heran. „Komm her.", befahl sie.

Heiko folgte umgehend und trat an das Bett, auf den die beiden nackt und erhitzt lagen. Abwartend stand er dort und schaute fragend. „Komm her.", forderte sie ihn erneut auf und klopfte auf das Bett. Gehorsam tat er wie befohlen, als Merle auch schon fortfuhr: „Ich will, dass du Yannicks Schwanz bläst. Wir haben das ja ausreichend trainiert, du kleine Blashure, damit du mich nun stolz machen kannst." Heiko schluckte. Das war abgesprochen, es war seine Fantasie, aber er hatte es noch nie gemacht und er war unsicher. „Ich weiss, dass du das kannst.", munterte Merle ihn auf. „Und ich weiss, dass du mich nicht blamieren willst." Auffordernd schaute sie ihn an. „Und ich weiss, dass du es willst.", flüsterte sie. Heiko wurde tatsächlich rot, das war jetzt peinlich. „Mach ihn schön hart und nass für mich.", setzte sie hinzu.

Und das war nun endgültig der Startschuss, der ihn alle Hemmungen überwinden liess. Er näherte sich Yannicks unter dem Gespräch etwas abgeschlafften Schwanz, unsicher packte er ihn mit der Hand und schaut nach Yannick. Der grinste ihn lässig an und nickte. Heiko atmete tief ein und senkte seinen Mund auf die fremde Eichel. Er versuchte sich zu erinnern, was ihn selbst anmachte und das schien auch Yannick in der Umsetzung zu gefallen, der stöhnte nämlich auf. Vorsichtig nahm er ihn tiefer in den Mund und hörte wie Yannick Gefallen dran fand.

„Wow, du bist wohl ein Naturtalent.", raunte Merle in sein Ohr und das entfachte einen Sturm in seinem Kopf, Schmetterlinge im Bauch und sein Schwanz drohte den Käfig zu sprengen. Er war stolz. Merle legte die Hand an seinen Hinterkopf, ohne zu schieben führte sie ihn. Dieser Handgriff gab ihm das Gefühl von Wehrlosigkeit, was ihn nochmal kickte, und er bemühte sich, Yannicks Schwanz zu deepthroaten.

„Ahhh.", kam es langgezogen von Yannick. Offensichtlich machte er seine Sache weiterhin gut. Merle drückte nun aktiv seinen Kopf immer tiefer und Heikos Schwanz begann zu tropfen. „Nicht alles für dich, du gierige Schlampe.", sagte Merle leise und setzte sich auf Yannick. „Gib ihn mir.", forderte sie ihn auf.

Heiko hatte nun Merles Hintern vor Augen und konnte ihre Erregung riechen. Er lutschte nochmals hingebungsvoll an Yannicks Schwanz und wollte ihn gerade Merle hineinschieben, das drückte sie bereits fordernd ihren Arsch gegen sein Gesicht. Und Heiko liess sich einfach von seiner eigenen Geilheit führen, drückte sein Gesicht zwischen ihre Pobacken und leckte Merles Arsch. Erstaunt stöhnte sie auf. Das war neu. Aber verdammt geil. Sie drückte ihm den Hintern fester ins Gesicht und begann Yannick zu wichsen während sie Heikos Zunge genoss. Irgendwann brauchte der aber eine Pause und Merle setzte sich auf Yannicks Schwanz. „Bleib genau dort.", befal Merle ihm heiser und Heiko blieb so, zwischen den Beinen von Yannick, mit perfektem Blick auf das Schauspiel vor ihm. Yannick murmelte etwas zu Merle, die daraufhin stöhnte: „Leck seine Eier." Heiko tat wie ihm befohlen. Yannick spreizte seine Beine etwas mehr und stellte sie auf, so dass Heiko ungehindert Zugang zu seinen Eiern hatte, die er eifrig lutschte und in den Mund saugte.

Auch hier rutschte er vorsichtig forsch etwas tiefer, bis er mit der Zunge den Weg über dem Damm zu Yannick Arsch suchte. Da Heiko auf keinerlei Widerstand stiess, rutschte er noch tiefer, was zur Folge hatte, dass Yannicks Beine sich noch weiter öffneten, während er laut zu Merle sagte: „Wusstest du, dass dein Mann offensichtlich einen Arschfetisch hat?" Und damit hatte Heikos Zunge das Loch erreicht. Sein Schwanz pochte und schmerzte im Cage, er lief kontinuierlich aus, der Plug drückte in seinem eigenen Hintern auf die Prostata, er wurde fast wahnsinnig vor Geilheit und wusste überhaupt nicht, warum er auf einmal dieses Arschlecken so geil fand.

„Dein Mann ist ein Arschlecker.", stellte Yannick fest. „Und er kann das richtig gut."

„Offensichtlich auch hier ein Naturtalent.", erwiderte Merle. Heiko erregte es, dass die beiden über ihn sprachen, als sei er gar nicht hier – und dann noch in einer herablassenden Art, er stöhnte auf. Merle entliess Yannicks Schwanz und drückte ihn Heiko entgegen. „Lutsch." Und er folgte. Merle war erstaunt wie sehr es sie erregte dabei zuzusehen wie ihr Mann Yannicks

Schwanz blies. Und es war sehr deutlich, dass er tatsächlich gute Arbeit leistete, denn Yannick liess sich richtig gehen und fickte regelrechte Heikos Mund. Das gefiel ihr. Und bestätigte den Verdacht, dass ihr Mann definitiv bisexuell war, das aber immer unterdrückt hatte.

Während sich die beiden Männer miteinander amüsierten, fing Merle an, Heikos Cage zu entfernen, was er in seiner Konzentration zunächst gar nicht recht registrierte. Aber sie hatte noch mehr mit ihm vor. Sie holte ein Kondom aus der Nachttischschublade und gab es Yannick, der gerade nach ihr schaute.

„Ich will, dass du ihn fickst.", raunte sie ihm leise zu. Yannick zog die Augenbrauen hoch. „Doch schon heute? Ihr beiden überrascht mich echt.", grinste er. „Sicher?", hakte er nochmals nach und als Merle nickte, schob er Heikos Mund von seinem Schwanz.

„Komm her.", forderte er ihn auf und zog ihn hoch. Heiko folgte verdutzt. Yannick drückte ihn mit dem Rücken aufs Bett, Merle kam an Heikos Kopf und grinste auf ihn her unter. „Du wirst uns beide gleichzeitig bedienen.", erklärte sie ihm währen Yannick sich das Gummi überzog. Heiko war viel zu geil um noch adäquat zu reagieren und liess alles geschehen. Yannick zog ihn in Position und drückte Heikos Beine hoch, die Merle quasi in Empfang nahm als sie sich auf Heikos Gesicht setzte. Nun lag er da auf dem Rücken, mit Merle auf dem Gesicht und den Beinen in die Luft ragend, offen vor Yannick, der den Plug herauszog und seinen Schwanz ansetzte.

Da Heiko gut eingeritten war, konnte sich Yannicks Schwanz problemlos Zugang zu Heikos Innerem verschaffen. Dieser stöhnte langgezogen in Merles Möse, als er so ausgefüllt wurde. Das erste Mal von einem echten Schwanz. Während er Merle leckte und abwechselnd von ihr die Luft geraubt bekam, fickte Yannick ihn ins Nirvana, sein Schwanz triefte und pochte, er war steinhart und wollte sich anfassen, aber das verhinderte Merle. „Du bist nur ein Toy.", erklärte sie ihm.

Leider hatte diese Ansage eine Mischung aus Frust und noch mehr Geilheit zur Folge und sein Schwanz zuckte mehrfach. Heiko schaffte es immerhin für Merles Orgasmus zu sorgen, kurz vor seinem Höhepunkt zog Yannick seinen Schwanz aus Heikos Arsch, riss sich das Gummi weg und spritzte seinen Saft auf Heikos pochenden Schwanz, was Heiko fast in den Wahnsinn trieb. Merle verschwand und kam kurz darauf mit einer Schüssel zurück. Zunächst dachte Heiko, sie wolle ihn waschen, aber in der Schüssel hatte sie Eiswürfel, mit denen sie seinen Schwanz nun zum Abschwellen brachte. Wie gemein konnte eine Frau sein?

„Bitte…", stammelte er. Zufrieden verpackte Merle seinen Schwanz im Cage. „Kein Abspritzten für die Blashure, die neuerdings gern Ärsche leckt.", entschied sie. Heiko wimmerte, sie wusste genau, dass sie mit diesen Worten seinen Schwanz wieder hart machte. Sie ging mit Yannick Richtung Bad. „Du bleibst so liegen, mit

Yannicks Saft auf Schwanz und Bauch, unserem Geschmack auf deiner Zunge und unserem Geruch in deiner Nase. Geniess es. Und wehe, du bewegst dich!"

„Ich würde ihn ja etwas verschnüren.", fand Yannick. Heiko hielt den Atem an.

„Mit Seilen?", fragte Merle nach.

„Hast du welche?", wollte Yannick wissen.

„Klar.", nickte sie und holte sie aus der Kommode. Yannick verschnürte effizient und schnell Heikos Beine und Arme, so dass aufstehen unmöglich war. „Lass uns duschen gehen.", meinte er dann. Heiko driftete zurück in den subspace.

Als Merle zurückkam, nachdem sie Yannick verabschiedet hatte, löste sie die Seile und nahm Heiko in den Arm. Ihr Geruch und ihre Wärme holten ihn langsam wieder zurück und er kuschelte sich fester an sie. Merle streichelte seinen Rücken und gab ihm eine Flasche Cola. „Hier, trink.", forderte sie ihn auf. Gierig schluckte er das kalte süsse Gesöff. „Wie geht es dir?" Merle nahm die leere Flasche zurück und ihn wieder fest in die Arme. Heiko drückte sich an sie.

„Benutzt, ein bisschen wie wund und immer noch geil.", grinste er. „Und ich rieche euch immer noch an mir."

„Ich rieche uns auch auf dir.", gab sie zurück. „Und vom körperlichen abgesehen, wie geht es dir da? War es zu viel?"

„Nein.", gab er zu. „Ganz und gar nicht, auch wenn alles viel schneller war als wir besprochen haben. Du hast mich überrumpelt, aber ich glaube, das war viel besser so."

Merle grinste in sich hinein. „Das Gefühl hatte ich auch. Und ich denke, du hast deine Entjungferung mehr als genossen.", sagte sie anzüglich.

„Könnte man so sagen.", lächelte Heiko. „Ich fand den Abschluss ja gemein, überraschend und leider auch ziemlich heiss.", gestand er. „Euren Duft im Gesicht und den Geschmack auf der Zunge, das Sperma von Yannick noch auf dem wieder verschlossenen Schwanz, der nicht abspritzen durfte und dann zuzuhören, wie ihr es unter der Dusche nochmal treibt, das war ziemlich heftig.", erklärte Heiko.

Merle zog mit einer Hand ihren Vibrator aus dem Nachttischchen, hielt in an seinen Cage und schaltete ihn an. „Einen Chastigasm hast du dir allerdings schon verdient.", raunte sie liebevoll in sein Ohr und während sie ihm nochmals erzählte, wie sehr sie es genossen hatte, mit ihm all diese Dinge anzustellen, überliess Heiko sich seinen Gefühlen und entleerte sich nun doch noch explosiv in seinem Käfig.

Die neue Freundin

Für den Soldat

Alex freute sich. Sie hatte ihm versprochen, dass er mal wieder ficken dürfe. Seit sechs Wochen war er verschlossen. Neuland für ihn. Für Delia wohl nicht. Sie erlaubte ihm am Tag maximal zehn Minuten zur Reinigung, aber danach musste der Cage sofort wieder dran. Delia hatte ihn erst in den Sessions dran gewöhnt, da fand er das noch irgendwie spannend. Inzwischen fand er es gemein – und seine Geilheit, die früher schon extrem war, hatte noch zugenommen. Gleichzeitig wurde er so anders. Fühlte sich extrem zu Delia hingezogen. Vermutlich war der Cageschlüssel an ihrer Halskette ein Magnet, dachte er, auch wenn er noch einen Reinigungsschlüssel zuhause hatte.

Er duschte und zog sich an, summte fröhlich ein Lied und freute sich auf Delia. Bei ihr angekommen, schob sie ihn direkt ins Schlafzimmer, befahl ihm sich auszuziehen und inspizierte ihn erstmal ausgiebig. Danach platzierte sie ihm auf dem Bett, fixierte seine Arme gespreizt und betrachtete ihn nachdenklich einen Moment.

Alex wand sich etwas, es war ihm immer noch unangenehm, wenn sie ihn so ausgiebig betrachtete. Dann bekam er eine Maske aufgezogen, so dass er nichts mehr sehen konnte. Er hörte sie im Zimmer herumlaufen, Dinge tun, von denen er keine Ahnung hatte und schliesslich liess sie sich auf der Matratze nieder, griff sein rechtes Bein und befestigte eine Manschette, dasselbe wiederholte sie am linken Bein und fixierte beide dann weit gespreizt. So aufgespreizt daliegend horchte er wieder in den Raum und wusste trotzdem nicht, was Delia gerade tat. Plötzlich spürte er wieder ihr Gewicht auf der Matratze, sie setzte sich auf ihn, er spürte ihre Füsse allerdings am Oberkörper, sie musste sich verkehrt herum auf ihn gesetzt haben, er fühlte ihre ziemlich warme Mitte auf seinem Schwanz. Der fing an zu pochen. Dann begann der Vibrator. Zunächst dachte Alex, der gelte ihm, weil er fies am Cage vibrierte. Aber bald begriff er, dass Delia es sich auf ihm mit dem Vibrator machte und sich so gesetzt hatte, dass er gemeinerweise auch ziemlich viel davon mitbekam. Nach ihrem ersten Höhepunkt, bei dem sie immer wieder auf den Cage gerutscht war mit dem Vib, schaltete sie das Höllenteil aus und stieg von seinem Schwanz her unter.

Nun spürte er, wie sehr sie ausgelaufen war und sein Schwanz drückte übel gegen den Cage.

„Möchtest du mal probieren?", fragte sie und bevor er antworten konnte, sass sie auf seinem Gesicht. „Leck.", befahl sie. Und er tat es, schmeckte sie, ihre Nässe bedeckte die untere Gesichtshälfte, die aus der Maske herausschaute und er wurde in seinem Käfig schmerzhaft daran erinnert, dass sie die Macht über ihn hatte.

Seine neue Freundin war perfide und er begann es zu hasslieben.

119

Wasabi

Für zahni

Stephan sass zu ihren Füssen auf dem Boden und schaute zu seiner Herrin auf. Sie lag ausgestreckt auf dem Sofa, den Blick konzentriert auf den Fernseher gerichtet. Ihre nackten Füsse in wenig Abstand zu seinem Gesicht machten ihn nervös. Er wollte so gerne….

„Na, mein fickstück,", richtete sie plötzlich das Wort an ihn, „gefällt dir, was du siehst?", fragte sie grinsend. Mit dem Blick auf ihre Füsse gerichtet nickte er und schluckte. Birka lachte schallend. „Ich dachte eher an den Film als an meine Füsse.", erklärte sie.

Stephan errötete. „Oh… äh.", begann er ertappt. „Also eigentlich ist das nicht so ganz mein Genre.", beichtete er mit gesenktem Kopf.

„Natürlich nicht. Welcher Kerl guckt schon freiwillig eine Literaturverfilmung aus dem England des 19. Jahrhunderts? Dazu muss Domse den Buben zwingen.", sie grinste diabolisch. „Hol mir mal die Wasabinüsse aus der Schublade." Sie deutete auf die Wohnzimmerkommode und er stand diensteifrig auf und brachte ihr das gewünschte.

Birka öffnete die Tüte und hielt sie ihm hin. Er griff hinein und nahm sie drei Wasabinüsse. Hui, die zogen aber ordentlich durch, er hustete.

„Scharf, was?", meinte Birka und nahm eine Nuss. Sie wies ihm wieder seinen Platz auf der Decke an. „Massier' mal meine Füsse.", forderte sie ihn auf. Dankbar folgte er. Endlich durfte er. Stillschweigend schauten sie den Film, er massierte zufrieden und hingebungsvoll und sie raschelte hin und wieder mit der Wasabinusstüte. Dann verschwand ein Fuss aus seinem Blickfeld und kehrte mit einer Nuss zwischen den Zehen wieder und hielt vor einem Gesicht.

Mit dem Mund fischte er die Nuss zwischen den Zehen raus. Das passierte dann noch einige Mal und sie fütterte ihn mit den scharfen Dingern. So schmeckten sie noch viel besser. Sie schickte ihn noch etwas zu trinken holen. Als er wiederkehrte und Platz nahm, spürte er ihren Fuss an seinem Schwanz, der sich umgehend begann aufzurichten. Da war er einfach machtlos.

Mit den Zehen begann sie ihn zu reiben und schob dabei seine Vorhaut zurück. Plötzlich begann es zu brennen und er zuckte zusammen. Verwirrt schaute er auf seinen Schwanz und dann zu ihr auf. Wieder dieses gemeine Grinsen. „Wasabi.", sagte sie leise und ihm dämmerte, dass das ganze wohl irgendwie einem Plan folgte.

Leider hielt das seinen Schwanz nicht davon ab vor sich hin zu tropfen, was Birka auch umgehend auffiel. Sie hielt ihm den Fuss vor das Gesicht. „Sauber machen.", verlangte sie und er leckte genussvoll ihre Zehen, schmeckte sich selbst und den scharfen Wasabi. Sein Schwanz war steinhart.

Birka setzte sich auf, steckte sich zwischen die Zehen des linken Fusses jeweils eine Wasabinuss, grinste und nickte ihm zu. Vorsichtig pflückte er die Nüsse einzeln hervor, bevor sich der Fuss dann direkt zu seinem Schwanz senkte, aber sie hielt inne, versorgte nun den anderen Fuss mit Nüssen und forderte ihn auf, diesmal ordentlich sauber zu machen nach dem Verzehr der Nüsse.

Wieder startete sie mit einem Footjob, worauf es so gleich anfing zu brennen, während er ihre Zehen leckte. Die Situation, der brennende Schmerz, ihre Macht über ihn, das alles machte ihn schon wieder so unfassbar gierig und er wollte so gern abspritzen.

Sie massierte mit dem linken Fuss seine Eier, die sich daraufhin zusammenzogen, und sie klopfte leicht mit dem Fussrücken von unten dagegen, sodass ein leichter Schmerz in seine Eier fuhr, während seine Eichel vor sich hin brannte.

„Bitte, Herrin,", nuschelte er mit ihren Zehen im Mund, „bitte, darf ich heute kommen?" Er war seit Wochen keusch und platzte gleich. Er hört sie leise lachen. Und wusste, bevor sie ihren Satz begann, dass er dafür würde zahlen müssen.

„Du darfst heute abspritzen, aber unter einer Bedingung.", kam es prompt.

Er hatte es doch gewusst. „Alles, Herrin.", bekannte er willig.

„Wir werden einen Samstag lang zusammen einen Einkaufsbummel machen.", erklärte sie. Das fand er einfach und wartete misstrauisch. Natürlich war Birka noch nicht fertig. „Wir werden meine Sissyschlampe einkleiden und einen schönen Samstag zusammen verbringen, ein Eis essen, bummeln gehen, Essen gehen und du trägst deine neuen Sissyklamotten."

Stephan atmete hart ein. „Aber…", begann er.

„Drunter.", beendete Birka ihren Satz.

Uff. Glück gehabt. Das war machbar.